CARPE DIEM

LE PIÙ BELLE CITAZIONI LATINE

GW00401793

DEMETRA

Progetto grafico e impaginazione: babe - Francesco Beringi
Immagini: Archivio Giunti, Firenze

www.giunti.it

© 2012, 2017 Giunti Editore S.p.A.
Via Bolognese 165 - 50139 Firenze - Italia
Piazza Virgilio 4 - 20123 Milano - Italia
Prima edizione: giugno 2012
Quinta ristampa: giugno 2019

Stampato presso Lego S.p.A. - Stabilimento di Lavis

SOMMARIO

Prefazione

Negli ultimi anni si è avvertita l'esigenza di risvolverare le nostre radici culturali e linguistiche e soprattutto di chiarire il significato di tutte quelle locuzioni e citazioni latine che fanno parte del nostro linguaggio quotidiano.

Questo dizionario si propone di fornire al lettore un numero piuttosto cospicuo di citazioni, con alcune indicazioni di massima su come usarle. Si tratta di un testo semplice ma accurato, che prescinde da un'indagine rigorosamente filologica – che richiederebbe uno spazio maggiore e una terminologia più complessa – per privilegiare, invece, la comprensione immediata. Per questo parole come motto, proverbio, detto ecc. vengono usate come sinonimi, nonostante sussista una differenza semantica. Le citazioni sono accompagnate dalla traduzione italiana, dalla fonte e da una breve spiegazione. Alcune citazioni letterarie hanno spesso originato dei corrispettivi nel latino volgare o medievale, questi ultimi generalmente allitteranti o in rima, per i quali non è possibile specificare con esattezza la fonte. In genere, comunque, il proverbio medievale si presta a essere citato nel linguaggio comune a proposito di esperienze quotidiane, mentre la citazione letteraria è più adatta a un contesto dotto o scritto. Per le citazioni molto note o dal significato estremamente chiaro viene omessa la spiegazione. Lo stesso avviene per una serie di citazioni su argomenti come la fortuna, il denaro, la salute ecc. che hanno originato detti spesso contrastanti o contrari che il lettore può facilmente scoprire da solo e per i quali un commento risulterebbe superfluo e banale. Altre citazioni sono invece spiegate con il corrispondente modo di dire italiano, così che la comprensione del significato e del contesto nel quale utilizzarle risulti immediata. Come si è già accennato, le citazioni non sono desunte soltanto da autori classici, ma derivano anche dall'Antico e dal Nuovo Testamento o da autori medievali e rinascimentali. Sarebbe stata una grave mancanza, infatti, omettere detti come *Cogito ergo sum* o il *Medice cura te ipsum* del Vangelo di Luca che sono frequenti nel linguaggio quotidiano pur non appartenendo espressamente alla cultura classica. Il dizionario è strutturato per temi in maniera tale che possa essere consultato agevolmente dal lettore, fornendo una prima indicazione riguardo ai contesti o agli argomenti nei quali una citazione può essere utilizzata. Segue un glossario, in ordine alfabetico, delle locuzioni e delle parole più usuali che non hanno, però, carattere di vera e propria citazione.

Leggere in latino

Chi non ha mai studiato il latino vede questa lingua sostanzialmente in due modi assai differenti: c'è chi lo considera ostico e difficile e chi, al contrario, ne avverte il fascino poiché lo ritiene, da un lato, strumento indispensabile per comprendere l'origine e il significato delle parole, dall'altro, fondamento imprescindibile per capire l'origine della nostra civiltà.

In effetti, è stato proprio il latino a dar vita a lingue come l'italiano, il francese, lo spagnolo, il portoghese, il rumeno... (le cosiddette "lingue neolatine" appunto), e la sua conoscenza costituisce, quindi, un bagaglio culturale di indiscussa validità per arricchire il lessico e affinare il proprio modo di esprimersi.

A pensarci bene, infatti, sono davvero tantissime le parole desunte dal latino che utilizziamo ogni giorno senza neanche rendercene conto: *auditorium*, *referendum*, *gratis*, *rebus* sono solo alcuni esempi, ma la lista potrebbe continuare. Senza addentrarci troppo nello studio di una lingua come quella latina, che richiederebbe di sicuro un certo impegno, abbiamo comunque pensato di proporvi alcune semplici regole di fonetica per facilitare e agevolare la vostra lettura. Per dar rilievo a ciò che si dice o far sfoggio di cultura, non basta ostentare un linguaggio forbito e ammantare di celebri citazioni latine i propri discorsi: è molto importante pronunciare correttamente la frase per non incorrere nel rischio di fare brutte figure.

Ma come si legge in latino? Due sono le pronunce che si contendono il campo: la pronuncia classica, detta anche *lectio restituta* perché tenta di ristabilire il carattere originario della lingua dei grandi classici (Cesare, Cicerone, Tacito), e la pronuncia ecclesiastica o scolastica. Tralasciando la prima, materia di studiosi e specialisti, ci limiteremo a parlare brevemente della pronuncia ecclesiastica, quella, cioè, insegnata nelle scuole.

Alfabeto e pronuncia

L'alfabeto latino è costituito da 24 lettere: 18 consonanti e 6 vocali. La pronuncia è identica all'italiano salvo qualche eccezione. Vediamola nel dettaglio.

	Pronuncia	Esempi
A	a (*adolescente*)	*adulescens*
B	b (*bilancia*)	*bellum*
C	k (*casa*) o č palatale (*ciliegia*)	– k se la "c" si trova davanti alle vocali *a, o, u* (es. *caput*) - č palatale se la "c" è seguita da *e, i, y* (es. *censor, cibus, cymbalum*) – "ch" si pronuncia k (es. *christianus*)
D	d (*dado*)	*damnum*
E	e (*esame*)	*eremita*
F	f (*fame*)	*fuga*
G	g velare (*gatto*) o palatale (*gelato*)	– g velare se è seguita dalle vocali *a, o, u* (es. *gallus, gorgonia, gutta*) – g palatale davanti alle vocali *e, i, y* (es. *germanus, gigno, gymnasium*)
H	sempre muta, cioè senza aspirazione	*hora*
I	i (*idea*)	il latino classico non distingueva la "i" vocale dalla "i" semivocale; solo successivamente introdusse il segno "j" (ormai abbandonato) per indicare la semivocale: es. *invidia* (*i* vocale) e *juventus* (*i* semivocale)

	Pronuncia	Esempi
K	k (*koala*)	*kalendae*
L	l (*luna*)	*labor*
M	m (*maestro*)	*monumentum*
N	n (*noce*)	*navis*
O	o (*osso*)	*opus*
P	p (*palla*)	la "p" in latino si pronuncia esattamente come in italiano (es. *populus*), ma se si trova in unione con l'h si pronuncia come una "f" (es. *philosophia*, pr. filosofia)
Q	ku (*quadro*)	*quadriga*
R	r (*roccia*)	*rosa*
S	s sorda (*sasso*) o sonora (*poesia*)	*sagitta* (s sorda) e *rosarium* (s sonora)
T	t (dentale sorda: *tamburo*) o z (sibilante sonora: *zaino*)	si pronuncia sempre come una dentale sorda (es. *tempus*) anche se seguita dall'h (es. *theologia*), ma se troviamo *ti*+vocale si legge "zi" (es. *otium*, pr. ozium). Quest'ultima regola non si applica se: – *ti*+vocale è preceduto da *s*, *x*, o *t* (es. *testis*, *textura*, *atticus*) – *ti* è accentato (es. *totius*) – si trova in parole che derivano dal greco (es. *tiara*)

Pronuncia	Esempi
U, V u (vocale: *uccello*) e v (u consonantica o semivocale: *voce*)	nell'antichità i suoni *u* e *v* non erano distinti nella scrittura e si usava la *u* sia per la vocale che per la semivocale: es. *unda* (*u* vocale) e *uirtus* (*u* semivocale). Nella prassi scolastica è invalso l'uso di adoperare la *u* vocale e la *v* semivocale distinguendo così i due suoni (es. *unda*, *virtus*)
X ks (*xilofono*)	*xiphias* (pr. ksifiás)
Y i (*yoga*)	si trova in parole di origine greca (es. *tyrannus*)
Z ts (*tazza*), ds (*zufolo*)	*zmyrus* (pr. tsmírus) e *zelus* (pr. dsélus)

Dittonghi

Il dittongo è l'unione nella stessa sillaba di due vocali o di una vocale e una semivocale. In latino i dittonghi più frequenti sono:
- *ae* (es. *aerumna*, pr. erumna);
- *oe* (es. *poena*, pr. pena);
- *au* (es. *aurum*).
Come si può notare dagli esempi, nei primi due dittonghi (*ae* e *oe*), prevale il suono "e", ma se sulla seconda vocale troviamo il segno della *dieresi* (¨), le due vocali vanno lette come due sillabe distinte (es. *poëta*).

Accento

Le lingue neolatine hanno tutte accento intensivo, caratterizzato, cioè, da un aumento dell'intensità della voce. In latino la posizione dell'accento dipende dalla quantità della sillaba che può essere breve (˘) o lunga (¯)[1]. Il vocabolario fornisce l'indicazione della quantità delle vocali, importante non solo per la pronuncia ma anche per distinguere il significato fra parole apparentemente uguali.

Come per l'italiano (es. *pèsca* = sostantivo "frutto", *pésca* = verbo "pescare") anche in latino, infatti, abbiamo parole di uguale forma e grafia, ma di diverso significato ed è proprio l'accento a indicarne la differenza (es. *mălum* "male" e *mālum* "mela").

Sintetizzando, possiamo dire che l'accento latino è regolato da quattro leggi fondamentali:

– nessuna parola latina può essere accentata oltre la terz'ultima sillaba (es. *omnipŏtens*);

– l'accento non può mai cadere sull'ultima sillaba (es. *cónsul*), a eccezione delle parole che hanno subito un troncamento (es. *illúc* da *illúce*);

– l'accento cade sulla penultima sillaba se questa è lunga (es. *venímus*); se è breve e la parola è trisillaba, cade sulla terz'ultima (es. *vénĭmus*);

– se a una parola si aggiunge una particella priva di accento (*-que*, *-ne*, *-met*...), detta enclitica perché si appoggia alla parola precedente, l'accento cadrà sulla penultima sillaba, anche se questa è breve (es. *armáque*)[2].

---

[1] Ci sono sillabe che sono lunghe "per natura", come per esempio i dittonghi, o "per posizione", quando cioè la vocale è seguita da due consonanti o dalle consonanti doppie *x* e *z*.

[2] Va, però, precisato che se la particella enclitica è diventata parte integrante della parola, si considera una sillaba a tutti gli effetti e l'accento cadrà sulla terz'ultima sillaba se la penultima è breve (es. *ítăque*).

LE CITAZIONI

AMORE E AMICIZIA

Ab amico reconciliato cave.
Guardati da chi ti è amico dopo una riconciliazione.
(PROVERBIO MEDIEVALE)

Il proverbio, derivato da un passo del *Siracide* (12,11), invita a guardarsi dalle amicizie interessate e a non incorrere negli stessi errori con le medesime persone.

Adgnosco veteris vestigia flammae.
Riconosco i segni dell'antica fiamma.
(VIRGILIO, *Eneide*, 4,23)

Parole con le quali Didone confessa alla sorella di provare ancora il forte sentimento d'amore e riprese da Dante nel *Purgatorio* (30,48) all'incontro con Beatrice.

Amans quid cupiat scit, quid sapiat non videt.
Chi ama sa quel che desidera, ma non vede ciò che è saggio.
(PUBLILIO SIRO, *Sententiae*, A 15)

Sentenza giocata sulla classica contrapposizione tra amore e saggezza, tra passione e razionalità.

Amantium caeca iudicia sunt.
Ciechi sono i giudizi degli amanti.

Topos diffuso nelle letterature classiche e ripreso nelle culture moderne secondo il quale chi ama non vede i vizi e i difetti della persona amata.

Amantium irae amoris integratio est.
I litigi tra gli innamorati rinsaldano l'amore.
(TERENZIO, *Andria*, v. 555)

Topos della cultura classica secondo il quale l'amore senza litigi non può essere duraturo.

Amare et sapere vix deo conceditur.
A stento la divinità concede di amare e di essere saggi.
(PUBLILIO SIRO, *Sententiae*, A 22)

Si tratta di una sentenza riferita al contrasto tra amore e saggezza.

Amare iuveni fructus est, crimen seni.
Amare è un frutto per il giovane, un delitto per il vecchio.
(PUBLILIO SIRO, *Sententiae*, A 29)

Massima che si richiama al topos degli innamoramenti senili considerati indecorosi anche nella latinità classica.

Amens nemo magis quam male sanus amans.
Nessuno è più pazzo di un innamorato pazzo.
(DETTO MEDIEVALE)

Variante dei detti sul rapporto amore-follia.

Ames probatos, non amatos post probes.
Ama persone già provate, non provarle dopo averle amate.

Motto risalente a Teofrasto.

Amicis inest adulatio.
L'adulazione è inerente agli amici.
(TACITO, *Annales*, 2,12)

Amara constatazione sull'amicizia che spesso non è sincera ma interessata.

Amicitia magis elucet inter aequales.
L'amicizia è più duratura tra uguali.
(CICERONE, *De amicitia*, 101)

Le parole di Cicerone sono da intendersi come invito a cercare

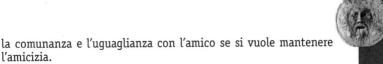

la comunanza e l'uguaglianza con l'amico se si vuole mantenere l'amicizia.

Amicitia quae desinere potest vera numquam fuit.
L'amicizia che poté cessare non fu mai vera amicizia.
(S. Girolamo, *Epistole*, 3,6)

Variante sull'eternità della vera amicizia.

Amici vitia si feras, facias tua.
Se sopporti i difetti dell'amico, di questi puoi essere considerato responsabile.
(Publilio Siro, *Sententiae*, A 10)

Massima che invita a correggere gli errori dell'amico e a non limitarsi a sopportarli.

Amico firmo nil emi melius est.
Nulla di meglio si può comprare che un amico saldo.
(Proverbio medievale)

È una delle tante massime sull'importanza dell'amicizia.

Amicorum esse communia omnia.
Tutte le cose tra amici devono essere comuni.
(Cicerone, *De officiis*, 1, 51)

Nella vera amicizia si deve condividere tutto: beni, gioie, dolori, fatiche ecc.

Amicum an nomen habeas, aperit calamitas.
Se tu abbia un amico o solo il nome di esso te lo dimostreranno le sventure.
(Publilio Siro, *Sententiae*, A 41)

Variazione sul tema secondo cui la vera amicizia si vede nel pericolo.

Amicum secreto admone, palam lauda.
Ammonisci segretamente l'amico e lodalo in pubblico.

Questo detto, attribuito da alcuni a Catone, invita a comportarsi cortesemente con gli amici e a non umiliarli.

Amicus certus in re incerta cernitur.
L'amico sicuro si vede nelle situazioni incerte.
(CICERONE, *De amicitia*, 64)

Cicerone riprende un detto di Ennio, ma il concetto, diffuso ormai in tutte le culture, è di origine greca.

Amicus diu quaeritur, vix invenitur, difficile servatur.
L'amico si cerca a lungo, si trova a stento, si conserva difficilmente.
(S. GIROLAMO, *Epistole*, 3,6)

Motto che ben esprime la difficoltà di trovare un vero amico e di mantenere l'amicizia.

Amicus magis necessarius quam ignis et aqua.
L'amico è più necessario del fuoco e dell'acqua.
(SENTENZA MEDIOLATINA)

Rifacimento di un detto di Cicerone.

Amicus omnibus, amicus nemini.
Amico di tutti, amico di nessuno.
(MOTTO DEL LATINO VOLGARE)

Espressione che invita a mantenere un certo distacco nei rapporti con le persone, a comportarsi cortesemente senza però dare troppa confidenza.

Amicus Plato, sed magis amica veritas.
Platone è mio amico, ma di più lo è la verità.

La sentenza è stata attribuita sia a Platone (nella forma *amicus Socrates*) che ad Aristotele. Oggi è diffusa anche nel linguaggio comune per indicare che la verità deve essere posta al di sopra di ogni cosa.

Amicus raro acquiritur, cito amittitur.
Un amico si trova raramente, facilmente lo si perde.

Sentenza che sottolinea l'importanza dell'amicizia e, soprattutto, la difficoltà di trovare un amico sincero.

Amor amara dat.
L'amore dà amarezze.
(PLAUTO, *Trinummus*, v. 259)

Si tratta del motivo tradizionale dell'amore come fonte di dolore, giocato sul contrasto allitterante *amare-amarus*.

Amor et melle et felle est fecundissimus.
L'amore produce molto miele e molto fiele.
(PLAUTO, *Cistellaria*, v. 69)

Espressione giocata sulla paronomasia *mel-fel* per significare che l'amore riserva gioie e dolori.

Amoris vulnus idem sanat qui facit.
La ferita d'amore è sanata da chi l'ha provocata.
(PUBLILIO SIRO, *Sententiae*, A 31)

Questa dialettica dell'esperienza amorosa era un motivo assai diffuso nella letteratura latina e utilizzato talvolta anche al di fuori dell'ambito erotico.

Animae dimidium meae.
Metà dell'anima mia.
(ORAZIO, *Odi*, 1,3,8)

Espressione efficacissima per designare la persona amata che corrisponde alla nostra "dolce metà".

Animae duae, animus unus.
Due vite, un'anima sola.
(SIDONIO APOLLINARE, *Epistole*, 5,9,4)

Espressione che indica sia un'amicizia molto intima sia l'unione coniugale.

Arida / pellente lascivos amores / canitie.
La sterile vecchiaia respinge gli amori voluttuosi.
(ORAZIO, *Odi*, 2,11,6-8)

Espressione che riprende il motivo secondo il quale l'amore non è cosa adatta ai vecchi.

Beati oculi qui te viderunt.
Beati gli occhi che ti videro.

Saluto a un amico che non si vede da lungo tempo. Corrisponde al nostro "Chi non muore si rivede".

Cogas amatam irasci, amari si velis.
Costringi l'amata ad arrabbiarsi se vuoi essere amato.
(Publilio Siro, *Sententiae*, C 22)

È sempre una variazione sul tema dell'amore-odio.

Communia esse amicorum inter se omnia.
Gli amici hanno tutto in comune.
(Terenzio, *Adelphoe*, v. 804)

Espressione che allude non solo ai beni materiali, ma anche a una comunanza spirituale.

Cum ames non sapias aut cum sapias non ames.
Se ami non hai senno, se hai senno non ami.
(Publilio Siro, *Sententiae*, C 32)

Espressione che riprende il consueto abbinamento tra amore e pazzia.

Cum amico omnia amara et dulcia communicata velim.
Vorrei che con l'amico fossero in comune tutte le amarezze e tutti i piaceri.
(Frontone, *Epistulae ad amicos*, 1,17)

Motto che esprime la caratteristica principale della vera amicizia: la condivisione delle gioie e delle tristezze.

Deligere oportet quem velis diligere.
Bisogna scegliere chi si vuole amare.
(*Rhetorica ad Herennium*, 4, 29)

Espressione citabile non solo in riferimento a questioni amorose ma anche in altri ambiti quali la professione, l'amicizia, la fede politica ecc.

Dicere quae puduit, scribere iussit amor.
Amore consiglia di scrivere ciò che non osiamo dire a voce.
(OVIDIO, *Heroides*, 4,10)

Consiglio per gli innamorati o per le persone emotive che non riescono a esprimere verbalmente i propri sentimenti.

Difficile est longum subito deponere amorem.
È difficile abbandonare improvvisamente un lungo amore.
(CATULLO, *Carmina*, 76,13)

Come sa chiunque abbia avuto questa esperienza.

Diligere parentes prima naturae lex.
Amare i genitori è la prima legge della natura.
(VALERIO MASSIMO, *Factorum et dictorum memorabilium libri IX*, 5,4,7)

Massima educativa sull'amore per i genitori.

**Donec eris sospes multos numerabis amicos: /
tempora si fuerint nubila, solus eris.**
Finché sarai felice conterai molti amici: se ci saranno nubi sarai solo.
(OVIDIO, *Tristia*, 1,9,5-6)

Formula che riprende il tema degli amici numerosi nei periodi felici e che scompaiono nei momenti di bisogno.

Exoriare aliquis nostris ex ossibus ultor.
Sorga dalle nostre ossa un qualche vendicatore.
(VIRGILIO, *Eneide*, 4,625)

Parole pronunciate da Didone morente contro Enea che l'abbandonò e nelle quali si allude al futuro condottiero cartaginese Annibale. L'amore respinto ha un'inestinguibile sete di vendetta.

**Facile ex amico inimicum facies
cui promissa non reddas.**
È facile trasformare un amico in nemico se non si mantengono le promesse.
(S. GIROLAMO, *Epistole*, 148,30)

L'espressione pone l'accento sulla necessità di mantenere le promesse.

Firmissima est inter pares amicitia.
Saldissima è l'amicizia tra simili.
(CURZIO RUFO, *Historiae Alexandri Magni*, 7,8,27)

Massima usata per significare che, perché l'amicizia sia salda e duratura, occorre una comunanza di idee, di principi, di sentimenti, di opinioni ecc.

Fortis est ut mors dilectio.
Forte come la morte è l'amore.
(ANTICO TESTAMENTO, *Cantico dei Cantici*, 8,6)

L'espressione descrive in maniera molto semplice e poetica la forza dell'amore.

Idem velle atque idem nolle, ea demum firma amicitia est.
Volere e non volere le stesse cose: in questo consiste una salda amicizia.
(SALLUSTIO, *De Catilinae coniuratione*, 20)

Espressione tuttora citata per indicare la comunanza d'intenti che deve essere alla base dell'amicizia.

Illi poena datur qui semper amat nec amatur.
Molto soffre colui che sempre ama senza essere ricambiato.
(PROVERBIO MEDIEVALE)

Espressione scherzosa giocata sulla rima *datur-amatur*.

Illud amicitiae sanctum ac venerabile nomen.
Quel santo e venerabile nome dell'amicizia.
(OVIDIO, *Tristia*, 1,8,15)

Esclamazione che esalta il valore sacro dell'amicizia.

Improbe amor, quid non mortalia pectora cogis!
Amore crudele, a cosa non costringi i cuori dei mortali!
(VIRGILIO, *Eneide*, 4,412)

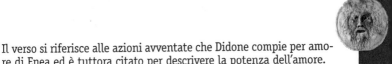

Il verso si riferisce alle azioni avventate che Didone compie per amore di Enea ed è tuttora citato per descrivere la potenza dell'amore.

Inter dominum et servum nulla amicitia est.
Tra servo e padrone non vi è alcuna amicizia.
(CURZIO RUFO, *Historiae Alexandri Magni*, 7,8,28)

Nel mondo greco e latino si riteneva infatti che lo schiavo fosse per natura nemico del padrone.

Ita amicum habeas, posse ut fieri hunc inimicum putes.
Reputa l'amico in modo tale da pensare che possa diventare un nemico.
(MACROBIO, *Saturnalia*, 2,7,11)

Punto di vista che esprime il massimo dello scetticismo sulla solidità e stabilità del sentimento di amicizia.

Iuvenile vitium est regere non posse impetum.
È vizio della gioventù non poter resistere agli impeti del cuore.
(SENECA, *Troades*, v. 250)

L'espressione si riferisce all'impulsività e alla baldanza tipicamente giovanili.

Litore quot conchae, tot sunt in amore dolores.
Quante sono le conchiglie sulla spiaggia, altrettanti sono in amore i dolori.
(OVIDIO, *Ars amatoria*, 2,519)

È il diffuso motivo dell'inevitabilità delle pene d'amore.

Mulier cupido quod dicit amanti / ... rapida scribere oportet aqua.
Ciò che la donna dice al bramoso amante bisogna scriverlo sull'acqua che scorre.
(CATULLO, *Carmina*, 70, 3-4)

I versi riprendono il tema della volubilità dei giuramenti degli innamorati e quello dell'inaffidabilità delle donne.

Mutua qui dederat repetens sibi comparat hostem.
Chi ha dato qualcosa in prestito richiedendolo si procura un nemico.
(PROVERBIO MEDIEVALE)

Perché viene meno il rapporto di amicizia e si crea un rapporto di dipendenza.

Nec sine te nec tecum vivere possum.
Non posso vivere con te né senza di te.
(OVIDIO, *Amores*, 3,11B,7)

Il verso è famosissimo e tuttora citato per indicare i sentimenti contrastanti degli amanti.

Nil difficile amanti puto.
Nulla è difficile a chi ama.
(CICERONE, *Orator*, 33)

Infatti per amore si arriva anche a compiere imprese impossibili.

Nimia familiaritas parit contemptum.
La troppa familiarità produce il rigetto.
(S. AGOSTINO, *Scala Paradisi*, 8)

La formula sottolinea l'importanza della moderazione anche nell'amicizia.

Nisi qui ipsae amavit, aegre amantis ingenium inspicit.
Chi non ha mai amato comprende a stento l'animo di chi ama.
(PLAUTO, *Miles gloriosus*, v. 639)

L'espressione è adatta a proposito di persone burbere e solitarie che non comprendono i sentimenti degli innamorati.

Non aqua non igni... locis pluribus utimur quam amicitia.
In molte circostanze l'acqua e il fuoco ci sono meno utili dell'amicizia.
(CICERONE, *De amicitia*, 22)

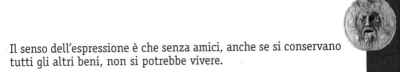

Il senso dell'espressione è che senza amici, anche se si conservano tutti gli altri beni, non si potrebbe vivere.

Nulla fides umquam miseros elegit amicos.
Nessuno ha mai scelto per amici coloro che si trovano in miseria.
(Lucano, *Pharsalia*, 8,535)

Il detto indica come spesso l'amicizia sia interessata.

Nullis amor est sanabilis herbis.
Non esiste erba che possa guarire l'amore.
(Ovidio, *Metamorfosi*, 1,523)

L'amore è un sentimento innato nell'uomo, che non può opporvi alcun rimedio per contrastarlo.

Nullius boni sine socio iucunda possessio est.
Il possesso di nessun bene è dolce senza compagni.
(Seneca, *Epistulae morales ad Lucilium*, 6,4)

Il detto esprime la gioia di condividere con gli amici i beni che si possiedono.

Nusquam libertas tam necessaria quam in matrimonio.
In nessun caso la libertà è più necessaria che nel matrimonio.
(Quintiliano, *Declamationes maiores*, 257,47)

La libertà implica infatti stima e fiducia reciproche, due valori fondamentali nell'amore e nel matrimonio.

Obsequium amicos, veritas odium parit.
L'adulazione procura gli amici, la sincerità i nemici.
(Terenzio, *Andria*, v. 68)

Punto di vista scettico sul rapporto verità-amicizia.

Omnes sibi malle, melius esse quam alteri.
Tutti vogliono più bene a sé che agli altri.
(Terenzio, *Andria*, v. 427)

È la constatazione di un dato di fatto comune e può essere citata in situazioni in cui predomina l'egoismo.

Omnia vincit amor et nos cedamus amori.
Tutto vince l'amore e noi cediamo all'amore.
(Virgilio, *Bucoliche*, 10,69)

La formula è diffusissima, soprattutto nella sua prima parte, e vi si ricorre spesso per sottolineare la forza dell'amore in qualsiasi ambito.

Os ex ossibus meis et caro de carne mea.
Osso delle mie ossa e carne della mia carne.
(Antico Testamento, *Genesi*, 2,23)

Sono le parole che Adamo rivolge a Eva e vengono citate in occasione di matrimoni o anche per indicare l'amore che lega una madre ai propri figli.

Pars animae... meae.
Parte della mia anima.
(Ovidio, *Epistulae ex Ponto*, 1,8,2; *Metamorfosi*, 8,406)

L'espressione di Ovidio è spesso usata per indicare un profondo legame affettivo, che si tratti di amicizia o di amore coniugale, filiale o fraterno.

Plures amicos mensa quam mens concipit.
Raduna più amici la tua mensa del tuo pensiero.
(Publilio Siro, *Sententiae*, P 52)

Il detto, giocato sulla contrapposizione allitterante *mensa-mens*, pone in guardia dalle amicizie interessate.

Potius amicum quam dictum perdendi.
Meglio rinunciare a un amico piuttosto che a una battuta.
(Quintiliano, *Institutiones oratoriae*, 6,3,28)

L'espressione si adatta a persone particolarmente spiritose e dalla battuta pronta alle quali non importa se con le loro parole feriscono un amico.

**Praestat habere acerbos inimicos,
quam eos amicos, qui dulces videantur:
illos verum saepe dicere, hos numquam.**
*È meglio avere nemici aspri anziché amici che sembrano af-
fettuosi: quelli dicono spesso la verità, questi mai.*
(Cicerone, *De amicitia*, 90)

L'espressione, che Cicerone attribuisce a Catone, indica che è meglio un nemico franco piuttosto che un amico insincero.

**Principiis obsta: sero medicina paratur /
cum mala per longas convaluere moras.**
*Opponiti all'inizio: troppo tardi giunge la medicina quando
lunghi indugi hanno dato vigore al male.*
(Ovidio, *Remedia amoris*, 91-92)

Ovidio ritiene che l'amore vada contrastato all'inizio se lo si vuole
sconfiggere e riprende un noto principio medico di opporsi al male
sin dall'inizio. L'espressione è anche citata nella forma abbreviata
principiis obsta (vedi glossario).

Probare amicos in re adversa faciliust.
Nell'avversità è più facile mettere alla prova gli amici.
(*Appendix sententiarum*, 241 R2)

Il motto riprende il motivo secondo cui la vera amicizia emerge
nei momenti difficili.

Quam veterrumus homini, optumus est amicus.
Il miglior amico è quello più vecchio possibile.
(Plauto, *Truculentus*, v. 173)

L'amicizia e spesso paragonata al vino che più è vecchio o più è
buono.

Quantum oculis, animo tam procul ibit amor.
L'amore andrà tanto lontano dall'anima quanto dagli occhi.
(Properzio, *Elegie*, 3,21,10)

Il detto riprende il tema della lontananza che affievolisce o annulla l'amore.

Quem amat, amat; quem non amat, non amat.
Ama colui che l'ama; colui che non l'ama non lo ama proprio.
(PETRONIO, *Satyricon*, 37,8)

Come a dire "chi non mi ama non mi merita".

Quem felicitas amicum fecit, infortunium faciet inimicum.
Colui che prosperità ti ha reso amico, la disavventura ti renderà nemico.
(BOEZIO, *De consolatione philosophiae*, 3,5,13)

Il detto riprende il tema degli amici che si allontanano nei momenti del bisogno.

Qui amant ipsi sibi somnia fingunt.
Gli innamorati si creano i sogni da sé.
(VIRGILIO, *Bucoliche*, 8,108)

Il detto riprende il topos degli innamorati che sognano a occhi aperti.

Qui invenit illum (amicum) invenit thesaurum.
Chi trova un amico trova un tesoro.
(ANTICO TESTAMENTO, *Siracide*, 6,14)

Espressione famosissima che condensa in poche parole il valore dell'amicizia.

Res est solliciti plena timoris amor.
L'amore è una cosa piena di ansioso timore.
(OVIDIO, *Heroides*, 1,12)

Chi ama tende infatti a provare continua preoccupazione e trepidazione nei riguardi della persona amata.

Res parant secundae amicos optime, adversae probant.
I momenti di fortuna attirano gli amici, le avversità li mettono alla prova.
(*Appendix sententiarum*, 182 R2)

È, infatti, nei momenti di difficoltà che si vede il vero amico.

Ruborem amico excutere, amicum est perdere.
Far arrossire un amico significa perderlo.
(Publilio Siro, *Sententiae*, R 8)

Il detto è dunque un invito a non umiliare le persone care.

Sine amore iocisque / nil est iocundum.
Senza l'amore e l'allegria nulla è giocondo.
(Orazio, *Epistole*, 1,6,65-66)

Espressione che sottolinea l'importanza dell'allegria per illuminare la vita.

Sine Cerere et Libero friget Venus.
Senza Cerere e Bacco Venere ha freddo.
(Terenzio, *Eunuchus*, v. 732)

Il detto significa che l'amore per non infiacchire ha bisogno di cibo (Cerere) e vino (Libero o Bacco).

Si vis amari ama.
Se vuoi essere amato ama.
(Seneca, *Epistulae morales ad Lucilium*, 9,6)

Detto attribuito da Seneca a Ecatone e che esprime il concetto fondamentale per cui l'amore si basa sulla reciprocità.

Tamquam clavo clavum eiciendum.
Bisogna scacciare come chiodo con chiodo.
(Cicerone, *Tusculanae disputationes*, 4,35,75)

Il detto si riferisce a un amore nuovo che fa dimenticare quello vecchio. Oggi ha assunto una connotazione più generale e si riferisce alle varie preoccupazioni e guai della vita.

Verae amicitiae sempiternae sunt.
Le vere amicizie sono eterne.
(Cicerone, *De amicitia*, 32)

ARTE E CULTURA

Ab urbe condita.
Dalla fondazione della città.
(Livio, *Ab urbe condita*)

È il titolo di un'opera storica di Tito Livio che ha per argomento la storia di Roma, la cui fondazione si fa risalire, secondo il computo di Varrone, all'anno 753 a.C.

Ad discendum quod opus est
nulla mini aetas sera vederi potest.
Nessuna età mi sembra troppo tarda per imparare ciò che è necessario.
(S. Agostino, *Epistole*, 166,1)

Oggi diciamo semplicemente "non è mai troppo tardi". Il detto sottolinea inoltre l'importanza di un costante esercizio intellettuale.

Aetatis cuiusque notandi sunt tibi mores.
Di ogni età devi considerare i costumi.
(Orazio, *Ars poetica*, 156)

Massima riferita agli storici che non devono giudicare secondo i parametri della loro epoca persone e fatti avvenuti in epoche precedenti.

Aiunt enim multum legendum esse, non multa.
Dicono che si debba leggere molto, non molte cose.
(Plinio il Giovane, *Epistole*, 7,9,15)

Ossia bisogna leggere in maniera attenta e approfondita. L'espressione è particolarmente adatta all'ambito scolastico.

Alit lectio ingenium et studio fatigatum reficit.
La lettura nutre la mente e la ristora quando è affaticata dallo studio.
(SENECA, *Epistulae morales ad Lucilium*, 84,1)

Massima sull'importanza della lettura.

Amor ingenii neminem umquam divitem fecit.
L'amore per la cultura non ha mai arricchito nessuno.
(PETRONIO, *Satyricon*, 83,9)

Espressione usata per affermare che la poesia, la letteratura e le arti in genere non producono facili guadagni.

Ars aemula naturae.
L'arte è emula della natura.
(APULEIO, *Metamorfosi*, 2,4)

Concetto assai complesso adatto a discorsi sull'arte e sull'estetica.

Ars gratia artis.
L'arte per l'arte.

Concetto non classico ma entrato a far parte della cultura contemporanea in opposizione alla concezione dell'arte impegnata e militante.

Ars longa, vita brevis.
L'arte ha lunga durata, la vita breve.
(SENECA, *De brevitate vitae*, 1,2)

Il detto è un aforisma di Ippocrate, tradotto da Seneca, ed è usato oggi per dire che le ricerche di una scienza o di un'arte vanno viste in tempi lunghi, oltre la vita del singolo.

Aut prodesse volunt aut delectare poetae.
I poeti vogliono essere utili o divertire.
(ORAZIO, *Ars poetica*, 333)

L'espressione è usata tuttora per indicare la separazione tra "arte impegnata" e arte come diletto o divertimento.

Brevis esse laboro: / obscurus fio.
Mi sforzo di essere conciso, divento oscuro.
(ORAZIO, *Ars poetica*, 25-26)

Il poeta invita a tenersi lontani tanto dalla prolissità quanto da un eccesso di concisione. La massima si riferisce oggi non soltanto al linguaggio poetico ma a tutti gli altri ambiti della lingua.

Cedite romani scriptores, cedite graii, / nescio quid maius nascitur Iliade.
Lasciate il passo scrittori latini, lasciate il passo scrittori greci, sta per nascere qualcosa più grande dell'Iliade.
(PROPERZIO, *Elegie*, 2,34,65-66)

L'autore allude all'Eneide di Virgilio. I versi possono essere utilizzati per salutare un'opera importante che sta per essere pubblicata.

Cur nescire pudens prave quam discere malo?
Perché per un malinteso pudore preferisco non sapere che imparare?
(ORAZIO, *Ars poetica*, 88)

Inno alla cultura, fondamento indispensabile per la formazione di qualsiasi uomo. Il senso è che non bisogna vergognarsi di non sapere una cosa, ma del non volerla imparare.

Da mihi ubi consistam et terram movebo.
Dammi un punto d'appoggio e solleverò il cielo e la terra.
(ARCHIMEDE)

Celeberrima frase pronunciata da Archimede quando scoprì il principio della leva.

Demere nemo potest vasi cuicumque saporem / primum sive bonum teneat sive deteriorem.
Nessuno può togliere a un vaso il suo primo sapore, sia esso buono o cattivo.
(PROVERBIO MEDIEVALE)

Espressione che riprende la metafora del vaso che mantiene l'odore e indica che le prime impressioni giovanili lasciano un segno duraturo.

Deus, ecce Deus.
Il nume, ecco il nume.
(VIRGILIO, *Eneide*, 6,46)

Esclamazione della Sibilla Cumana citata oggi per indicare l'ispirazione poetica.

Disiecti membra poetae.
I brani del poeta fatto a pezzi.
(ORAZIO, *Satire*, 1,4,62)

Se nei versi si cambia l'ordine degli elementi non si riconosce più l'impronta del poeta ed è come se le sue membra fossero sparpagliate.

Doctrina est fructus dulcis radicis amarae.
L'erudizione è il dolce frutto di un'amara radice.
(DISTICHA CATONIS, *Appendix*, 40)

La frase può essere citata per indicare che l'apprendimento e la cultura richiedono fatica, la quale sarà alla fine compensata da buoni risultati.

Doctus cum libro.
Dotto con il libro.

Antico proverbio che si applica a persone, poco colte o poco preparate, che devono sempre consultare i libri prima di parlare di qualche argomento.

Et in medias res / non secus ac notas auditorem rapit.
Trasporta l'uditorio nel mezzo della narrazione come se le premesse fossero note.
(ORAZIO, *Ars poetica*, 148-149)

Orazio si riferisce alla narrazione omerica che incominciava il racconto dalla sua parte mediana o finale. La frase è citata anche nel-

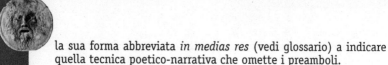

la sua forma abbreviata *in medias res* (vedi glossario) a indicare quella tecnica poetico-narrativa che omette i preamboli.

Et nos ergo manum ferulae subduximus.
Abbiamo anche noi sottratto la mano alla bacchetta.
(GIOVENALE, *Satire*, 1,1,14)

Frase citata per indicare una seria e severa educazione scolastica.

Exegi monumentum aere perennius.
Ho eretto un monumento più duraturo del bronzo.
(ORAZIO, *Odi*, 3,30)

Espressione divenuta famosa, specie nella forma abbreviata *aere perennius*, per indicare una cosa destinata all'immortalità.

Gemino... ab ovo.
Dal doppio uovo.
(ORAZIO, *Ars poetica*, 147)

L'espressione si riferisce alle due uova originate dall'unione di Zeus con Leda dalle quali nacque anche Elena. Orazio si serve di tale esempio per contrapporre la narrazione omerica *in medias res* a una narrazione che, per raccontare la guerra di Troia, parta invece dalle origini più remote, ovvero dalla nascita di Elena. Per il significato attuale della locuzione *ab ovo* si veda il glossario.

Graecia capta ferum victorem cepit.
La Grecia conquistata conquistò il feroce vincitore.
(ORAZIO, *Epistole*, 2,1,56)

L'espressione, tuttora molto diffusa soprattutto nelle scuole, indica che la Grecia, conquistata da Roma, ha poi conquistato con la propria cultura e la propria arte il vincitore.

Graecum est: non legitur.
È greco: non si legge.

La formula, nota anche nella forma *graeca non leguntur*, fu adottata dai glossatori medievali del *Corpus iuris* per le parti che mancavano di una traduzione latina. Nel Medioevo infatti il greco non era conosciuto nell'Europa occidentale.

Historia vero testis temporum, lux veritatis, vita memoriae, magistra vitae, nuntia vetustatis.
La storia è testimone dei tempi, luce della verità, vita della memoria, maestra di vita, nunzia dell'antichità.
(CICERONE, *De oratore*, 2,36)

Espressione indicativa della venerazione per la storia nutrita da Cicerone. Più spesso si cita soltanto *Historia magistra vitae,* per sottolineare l'importanza degli insegnamenti tratti dall'esperienza storica.

Homines dum docent discunt.
Gli uomini imparano mentre insegnano.
(SENECA, *Epistulae morales ad Lucilium*, 7,8)

Formula famosissima, spesso abbreviata in *docendo discitur,* che designa la situazione di interscambio che in genere si crea tra maestro e allievo.

Homo doctus in se semper divitias habet.
Il dotto ha sempre in sé le sue ricchezze.
(FEDRO, *Fabulae*, 4,23,1)

L'espressione riprende il tema della persona colta e saggia che sa discernere la vera ricchezza.

Ignoramus et ignorabimus.
Non sappiamo e non sapremo.
(EMIL DU BOIS-REYMOND)

Il motto coniato dal fisiologo tedesco viene tuttora citato come simbolo dell'atteggiamento positivista nei confronti della metafisica e di ciò che non può essere indagato secondo un metodo scientifico.

Imago animi sermo est.
Il linguaggio è l'immagine dell'anima.
(PSEUDO-SENECA, *De moribus*, 72)

Il linguaggio riflette infatti la personalità di chi parla più di qualsiasi altra manifestazione esteriore.

Ingenium mala saepe movent.
Spesso le avversità stimolano l'ingegno.
(OVIDIO, *Ars amatoria*, 2,43)

Sono spesso le situazioni difficili che inducono a riflettere, stimolando l'ingegno alla realizzazione di grandi opere d'arte.

In tenui labor, at tenuis non gloria.
Lavoro di modesto contenuto, ma di non piccola gloria.
(VIRGILIO, *Georgiche*, 4,6)

L'espressione significa che anche un lavoro di modesto contenuto, come nel caso delle *Georgiche,* un poema sul miele e le api, se fatto bene e con cura può portare alla gloria perché il suo pregio dipende dall'abilità del lavoratore.

Lasciva est nobis pagina, vita proba.
Lascivi sono i nostri scritti, ma la nostra vita è casta.
(MARZIALE, *Epigrammi*, 1,4,8)

Con questo verso Marziale chiede all'imperatore di essere benevolo verso i suoi componimenti. Oggi esso è citato per spiegare che l'opera letteraria non sempre è a carattere autobiografico.

Lectorem delectando pariterque monendo.
Dilettando il lettore ed educandolo al tempo stesso.
(ORAZIO, *Ars poetica*, 343)

La giusta mescolanza di utile e dilettevole (vedi *Omne tulit punctum qui miscuit utile dulci*) è secondo Orazio il compito principale della poesia e della letteratura.

Libri faciunt labra.
I libri fanno le labbra.

È un gioco di parole scolastico per indicare che lo studio fa l'oratore e più in generale che i libri formano la persona istruita.

Littera enim occidit, spiritus autem vivificat.
La lettera uccide, lo spirito vivifica.
(NUOVO TESTAMENTO, *S. Paolo, Lettera Seconda ai Corinzi*, 3,6)

L'espressione può essere citata in tutti quei casi in cui non si deve badare all'interpretazione letterale di un passo, cosa che potrebbe indurre in errore, ma bisogna saper leggere tra le righe e cogliere il senso principale.

Litterae non dant panem.
Le lettere non danno il pane.
(PROVERBIO MEDIEVALE)

È difficile infatti trarre guadagni dalla letteratura o dalla poesia, soprattutto se non ci si vuole adattare ai gusti del pubblico o alle esigenze del mercato.

Litterarum radices amaras, fructus dulces.
Le radici delle lettere sono amare, ma i frutti dolci.
(GIULIO RUFINIANO, *De figuris sententiarum*, 19,43)

La massima, attribuita dall'autore a Cicerone, significa che l'apprendimento e la cultura costano fatica, ma danno poi i loro frutti.

Neque amore quisquam et sine odio dicendus est.
Nessuno deve essere raffigurato con amore né con odio.
(TACITO, *Historiae*, 1,3)

Con queste parole Tacito esprime la propria intenzione di narrare i fatti in maniera obiettiva, senza lasciarsi influenzare da sentimenti di simpatia o antipatia per i personaggi coinvolti.

Nescio Carneades iste qui fuerit.
Non so chi sia stato questo Carneade.
(S. AGOSTINO, *Contra academicos*, 3,7)

Carneade di Cirene fu un grande filosofo del II sec. a.C. La frase di S. Agostino divenne famosa in quanto ripresa nei *Promessi Sposi* da don Abbondio, simbolo di una cultura ristretta e dogmatica.

Nescire... quid ante quam natus sis acciderit, id est semper esse puerum.
Ignorare ciò che è accaduto prima che tu sia nato è come rimanere sempre fanciullo.
(CICERONE, *Epistulae ad Brutum*, 34,120)

L'espressione denota la grande venerazione di Cicerone per la storia e come invito all'approfondimento di tale disciplina può essere citata in ambito dotto o scolastico.

Nihil obstat quominus imprimatur.
Nulla osta a che sia stampato.

Formula posta sui libri stampati con autorizzazione ecclesiastica dopo la revisione del censore. Vengono anche citate separatamente le locuzioni *nihil obstat* e *imprimatur* (vedi glossario).

Nihil tam absurde dici potest quod non dicatur ab aliquo philosophorum.
Non si può dire nulla di tanto assurdo che non sia sostenuto da qualche filosofo.
(CICERONE, *De divinatione*, 2,58)

Tale massima, ripresa anche da Montaigne e Pascal, è un felice richiamo alla relatività e alla varietà delle opinioni filosofiche.

Nil est in intellectu quod non sit prius in sensu.
Non vi è nulla nell'intelletto che prima non sia stato nei sensi.
(TOMMASO D'AQUINO, *Quaestiones disputatae de veritate*, 2,3,19)

La formula è tuttora usata in ambito filosofico a indicare la concezione sensista ed empirista, secondo la quale le idee provengono dai sensi.

Noli turbare circulos meos!
Non scompigliare i miei cerchi!
(VALERIO MASSIMO, *Factorum et dictorum memorabilium libri novem*, 8,7)

Sono le parole che Archimede, che stava tracciando segni per terra per risolvere un problema, avrebbe detto, prima di essere ucciso, a uno dei soldati durante il saccheggio di Siracusa del 212 a.C. Il detto è citato oggi a proposito degli scienziati con la testa tra le nuvole o anche semplicemente per dire di non disturbare.

Non omnis moriar.
Non morirò del tutto.
(Orazio, *Odi*, 3,30,6)

Con questa espressione Orazio vuole indicare che la sua poesia gli sopravviverà. Il detto è oggi usato per persone che si sono distinte anche in ambiti diversi da quello letterario, o semplicemente per persone care che rimarranno sempre nella memoria.

Non refert quam multos libros, sed quam bonos habeas.
Non importa che tu abbia molti libri, ma (che siano) buoni.
(Seneca, *Epistulae morales ad Lucilium*, 45,1)

L'espressione riprende il tema della priorità della qualità rispetto alla quantità.

Nulla dies sine linea.
Nessun giorno senza tracciare una linea.

Il detto è attribuito al pittore greco Apelle sulla scorta di un passo di Plinio il Vecchio (*Naturalis Historia*, 35,84). L'espressione è oggi citata per dire che in qualsiasi disciplina è necessario esercitarsi con costanza e assiduità.

Numquam... invenietur si contenti fuerimus inventis.
Mai nulla si scoprirebbe se ci accontentassimo delle cose già scoperte.
(Seneca, *Epistulae morales ad Lucilium*, 33,10)

Elogio dell'eterna curiosità dell'uomo, che lo porta ad apprendere sempre nuove cose.

Odi profanum vulgus et arceo.
Detesto il volgo dei profani e lo tengo lontano.
(Orazio, *Odi*, 3,1,1)

La famosa frase oraziana è oggi citata per esprimere disprezzo nei confronti dei gusti e delle opinioni popolari.

O imitatores, servum pecus!
Imitatori, gregge di servi!
(ORAZIO, *Epistole*, 1,19,19)

Orazio si scaglia contro gli imitatori della sua poesia, mentre oggi l'espressione è usata più genericamente per indicare persone prive di personalità.

Omne tulit punctum qui miscuit utile dulci.
Ha avuto l'approvazione generale chi ha unito l'utile al dilettevole.
(ORAZIO, *Ars poetica*, 343)

Orazio si riferisce al compito della poesia che deve essere educativa ma al tempo stesso piacevole. La frase è oggi assai diffusa in qualsiasi ambito – anche nella forma abbreviata *utile dulci* – a indicare il giusto equilibrio tra utilità e diletto.

Orator est vir bonus, dicendi peritus.
L'oratore è un uomo onesto, esperto nell'arte del parlare.
(SENECA IL RETORE, *Controversiae*, 1,9)

L'espressione era attribuita nell'antichità a Catone ed è citata oggi per sottolineare il rigore morale dell'oratore, oltre che la sua capacità tecnica.

Orator fit, poeta nascitur.
Oratori si diventa, poeti si nasce.
(ANONIMO)

Per divenire oratori è necessario l'esercizio, mentre poeti si diventa grazie al talento. Il motto è spesso citato cambiando i nomi per dire che in alcune cose è richiesto un talento particolare.

Parum eloquentiae et sapientiae nihil.
Poca eloquenza e nessuna sapienza.
(FRONTONE, *Epistole*, 153)

Chi, infatti, non conosce le cose non è in grado di parlarne esaurientemente. Il detto può anche essere usato a proposito di allievi che non hanno studiato la lezione.

Paulo maiora canamus.
Cantiamo argomenti un po' più nobili.
(VIRGILIO, *Egloghe*, 4,1)

Virgilio chiede l'ausilio delle Muse perché lo aiutino a cantare argomenti più elevati rispetto alle altre egloghe. In questa, infatti, il poeta annuncia, in termini profetici, una nuova età dell'oro.

Per angusta ad augusta.
Per vie anguste a luoghi eccelsi.

Il detto significa che per raggiungere i successi desiderati bisogna passare attraverso vie strette e difficili. L'origine di tale locuzione è ignota. Era il motto del Margravio Enrico di Brandeburgo (XVII secolo) e deve la sua fama al fatto di essere stata ripresa nell'*Ernani* di Giuseppe Verdi.

Prima est eloquentiae virtus perspicuitas.
Il primo requisito dell'eloquenza è la chiarezza.
(QUINTILIANO, *Institutiones oratoriae*, 2,3,8)

È un avvertimento che dovrebbero avere presente tutti coloro che si accingono a tenere un discorso.

Pro captu lectoris habent sua fata libelli.
I libri hanno il loro destino a seconda della capacità del lettore.
(TERENZIANO MAURO, *De litteris, de syllabis, de metris*, 1286)

Il successo di un libro dipende anche da chi lo legge. La frase indica che anche i libri sono sottoposti alle alterne vicende della sorte, o che essi sono destinati a essere presto o tardi dimenticati, o che un testo apparentemente insignificante può avere un grande valore ecc.

Quandoque bonus dormitat Homerus.
Di quando in quando il buon Omero sonnecchia.
(ORAZIO, *Ars poetica*, 359)

Orazio si riferisce ad alcune cadute di tono presenti nei poemi omerici, ma egli stesso riconosce che la cosa è inevitabile in ope-

re così lunghe. Il detto è dunque citato per giustificare opere di
artisti o letterati non sempre all'altezza della loro fama.

Quod in iuventute non discitur in matura aetate nescitur.

Ciò che non si impara in gioventù non lo si sa in vecchiaia.
(CASSIODORO, *Variae*, 1,24)

Acuta osservazione riguardo al fatto di accostarsi tardi all'apprendimento di una disciplina e citabile come esortazione a non adagiarsi.

Quod non fecerunt barbari, Barberini fecerunt.

Ciò che non fecero i barbari lo fecero i Barberini.

La frase fu coniata dal protonotaio Carlo Castelli in riferimento
agli scempi compiuti dalla politica edilizia di papa Urbano VIII, al
secolo Maffeo Barberini. Il detto è oggi molto diffuso per stigmatizzare prepotenze e vandalismi.

Repetitio est mater studiorum.

La ripetizione è madre della scienza.

Si tratta di una variante del motto *repetita iuvant* (vedi glossario)
e sottolinea l'importanza di ripetere i concetti perché possano
essere appresi pienamente.

Saepe stylum vertas, iterum quae digna legi sint / scripturus.

*Volta spesso lo stilo per poter scrivere cose degne di essere
lette.*
(ORAZIO, *Satire*, 1,10,72)

Lo stilo aveva una parte aguzza per scrivere sulle tavolette di cera
e una piatta per cancellare. Il detto è dunque un invito al lavoro
di correzione e rielaborazione e come tale è tuttora citato.

Scire est reminisci.

Sapere è ricordare.

L'espressione, che sintetizza la teoria platonica della conoscenza, si cita per indicare che la memoria è una parte fondamentale dell'apprendimento e della cultura.

Sincerum est nisi vas, quodcumque infundis acescit.
Se il vaso non è pulito, qualsiasi cosa ci metti dentro inacetisce.
(ORAZIO, *Epistole*, 1,2,54)

Il detto evidenzia l'influenza deleteria di un ambiente negativo, soprattutto nell'ambito educativo.

Sumite materiam vestris qui scribitis aequam viribus.
Se volete scrivere scegliete un argomento pari alle vostre forze.
(ORAZIO, *Ars poetica*, 38-39)

L'avvertimento oraziano agli aspiranti scrittori può essere considerato un'utile indicazione per evitare gli insuccessi.

Tanto nomini nullum par elogium.
Nessun elogio è adeguato a un così grande nome.

È il primo verso dell'iscrizione sulla tomba del Machiavelli in Santa Croce a Firenze.

Timeo lectorem unius libri.
Temo il lettore di un solo libro.

La formula, attribuita a Tommaso d'Aquino nella versione *"Timeo hominem unius libri"*, è usata a proposito di chi ha una visione unilaterale delle cose in quanto si affida a un'unica fonte di conoscenza.

Vellem nescire litteras.
Vorrei non saper scrivere.
(SENECA, *De clementia*, 2,1,2)

Sembra che queste siano state le parole pronunciate da Nerone agli inizi del suo impero quando gli fu portata da sottoscrivere una sentenza di morte.

GIOIA E DOLORE

**Ad magna gaudia perveniri non potest,
nisi per magnos labores.**
*Non si possono raggiungere grandi gioie se non attraverso
grandi pene.*
(Pseudo-Beda, *Liber proverbiorum*, 90,1091 c)

Pensiero che esprime una grande verità, nota in tutte le epoche.

**Adversarum impetus rerum,
viri fortis non vertit animum.**
L'impeto delie avversità non cambia l'animo dell'uomo forte.
(Seneca, *De providentia*, 2,1)

L'uomo saggio non si lascia scalfire dai momenti di difficoltà.

Aliud ex alio malum.
Un male viene dall'altro.
(Terenzio, *Eunuchus*, v. 987)

Espressione che riprende il noto concetto secondo cui i mali non
vengono mai soli.

Animi laetitia interdum dolorem corporis mitigat.
La serenità dell'animo mitiga talora il dolore del corpo.
(S. Girolamo, *Commento a Isaia*, 1,1,5)

L'espressione sottolinea l'importanza della serenità d'animo durante le malattie.

Bona malis paria non sunt, etiam pari numero.
I beni non appaiono pari ai mali benché di pari numero.
(PLINIO IL VECCHIO, *Naturalis Historia*, 7,132)

Il detto si riferisce al fatto che i beni non vengono apprezzati e quindi sembrano in misura minore rispetto ai mali.

Curae canitiem inducunt.
Le preoccupazioni fanno venire i capelli bianchi.

Massima mediolatina desunta dall'*Odissea* e tuttora usata nel linguaggio comune.

Curae leves loquuntur, ingentes stupent.
Le preoccupazioni lievi fanno parlare, quelle grandi rendono muti.
(SENECA, *Phaedra*, v. 607)

L'espressione può essere intesa sia nel senso che non si parla volentieri di grandi dolori, sia che questi sono talmente forti che non si trovano le parole per descriverli.

Curae sua cuique voluptas.
Ognuno si occupa di ciò che gli piace.
(OVIDIO, *Ars amatoria*, 1,749)

Ovidio intende il verso in senso moralmente negativo, ossia che ognuno si preoccupa solo di se stesso e dei suoi piaceri.

Dies tribulationis et angustiae.
Giorno di angoscia e di afflizione.
(ANTICO TESTAMENTO, *Sofonia*, 1,15)

La frase può essere citata per indicare un giorno particolarmente triste o negativo della nostra vita.

Digito se caelum putent attingere.
Crederebbero di toccare il cielo con un dito.
(CICERONE, *Epistulae ad Atticum*, 2,1,7)

Modo di dire tuttora in uso per esprimere uno stato d'animo di grandissima gioia.

Dolori cuivis remedium est patientia.
La pazienza è rimedio per ogni dolore.
(PROVERBIO MEDIEVALE)

Espressione tuttora diffusa nel linguaggio comune, pronunciata come incoraggiamento nei momenti dolorosi o difficili.

Est felicibus difficilis miseriarum vera aestimatio.
Per chi è felice è difficile comprendere realmente le altrui disgrazie.
(QUINTILIANO, *Declamationes*, 9,6)

La felicità rende spesso incapaci di comprendere i dispiaceri degli altri.

Est quaedam flere voluptas.
Anche nel pianto vi è una certa voluttà.
(OVIDIO, *Tristia*, 4,3,37)

Espressione citabile nel linguaggio comune per indicare che il pianto dà un certo sollievo in quanto permette di sfogare il dolore.

Et lacrimae prosunt, lacrimis adamanta movebis.
Anche le lacrime giovano; con le lacrime potrai commuovere i diamanti.
(OVIDIO, *Ars amatoria*, 1,659)

Espressione usata per indicare la capacità di persuasione delle lacrime che muovono a commozione anche cuori molto duri.

Et quondam maiora tuli.
E un tempo sopportai mali peggiori.
(ORAZIO, *Satire*, 2,5,21)

L'espressione è di origine omerica e il parlante qui è Ulisse che, tornato a casa, si vede minacciato dalla povertà. La frase è oggi citata come invito alla sopportazione.

Hinc illae lacrimae!
Questo è il motivo di quei pianti!
(TERENZIO, *Andria*, v. 126)

Espressione citata per indicare che si è scoperta la vera causa di un comportamento o di un dolore, al di là di quelle che potevano apparire le motivazioni superficiali.

Ille dolet vere qui sine teste dolet.
Si duole veramente colui che si duole senza testimone.
(MARZIALE, *Epigrammi*, 1,33,4)

Il dolore ostentato non sempre è veritiero e profondo.

Imbribus obscuris succedunt lumina solis.
Alle cupe piogge seguono giorni di sole.
(DETTO MEDIEVALE)

L'espressione riprende il tema assai diffuso che a un periodo triste e cupo della vita può seguirne uno felice e sereno.

Infandum regina, iubes renovare dolorem.
O regina, mi ordini di rinnovare un dolore indicibile.
(VIRGILIO, *Eneide*, 2,3)

Verso molto famoso citato spesso a proposito di un dolore che si è costretti a ricordare.

Levis est dolor qui capere consilium potest.
È lieve il dolore che permette di prendere una decisione.
(SENECA, *Medea*, v. 155)

È risaputo, infatti, che un grande dolore offusca la mente.

Medio de fonte leporum / surgit amari aliquid.
In mezzo alla dolce fonte dei piaceri sgorga qualcosa d'amaro.
(LUCREZIO, *De rerum natura*, 4,1133-1134)

L'espressione, di grande bellezza poetica, riprende il tema della mescolanza di dolce e amaro nell'esperienza umana.

Mel nulli sine felle datur.
A nessuno viene dato il miele senza fiele.
(PROVERBIO MEDIEVALE)

Espressione usata nel linguaggio comune a indicare che non vi è gioia senza dolore.

Miscentur tristitia laetis.
Le cose tristi si mescolano a quelle liete.
(OVIDIO, *Fasti*, 6,463)

Un altro verso che riprende il motivo diffusissimo della commistione di gioia e dolore nella vita umana.

Nemo quicquam facile credit quo credito dolendum sit.
Nessuno crede facilmente a ciò per cui dovrebbe addolorarsi.
(SENECA IL RETORE, *Controversiae*, 5,2)

L'espressione osserva acutamente come spesso ci si rifiuti di credere alle cose negative o alle cattive notizie.

Nihil est ab omni / parte beatum.
Nulla è felice in tutti i suoi aspetti.
(ORAZIO, *Odi*, 2,16,27-28)

Benché l'uomo aspiri a una felicità perfetta e completa, la realtà della vita ci concede in genere solo momenti di felicità parziale e provvisoria.

Nil non aut lenit aut domat diuturnitas.
Non vi è nulla che il corso del tempo non attenui o vinca.
(PUBLILIO SIRO, *Sententiae*, N 46)

L'espressione si riferisce in particolare al dolore che si attenua con il tempo.

Non semper Saturnalia erunt.
Non sarà sempre carnevale.
(SENECA, *Apokolokỳntosis*, 12,2)

I Saturnali erano una festa in onore di Saturno, celebrata nella seconda metà di dicembre, che, per la trasgressività e l'allegria, può essere paragonata al nostro carnevale. L'espressione indica dunque che non ci saranno sempre momenti lieti.

Nulla flendi maior est causa quam flere non posse.
Nulla spinge più al pianto che il non poter piangere.
(SENECA IL RETORE, *Controversiae*, 4,11,1)

L'espressione sottolinea l'importanza di manifestare i propri sentimenti e, soprattutto, di sfogare il dolore senza tenersi tutto dentro.

Nullus dolor est quem non longinquitas temporis minuat ac molliat.
Non vi è dolore che con il tempo non diminuisca e si calmi.
(CICERONE, *Epistulae ad familiares*, 4,5,6)

L'espressione riprende il tema del tempo come lento consolatore.

Nunc est bibendum.
Ora bisogna bere.
(ORAZIO, *Odi*, 1,37,1)

È l'inizio di un'ode che canta la fine della battaglia di Azio. Il detto è oggi in uso a indicare un momento felice in cui si deve brindare oppure che, durante un banchetto, si è giunti al momento del brindisi.

Omnis instabilis et incerta felicitas est.
Ogni felicità è incerta e instabile.
(SENECA IL RETORE, *Controversiae*, 1,70)

È il tema, consueto e diffusissimo già dall'antichità, della felicità come uno stato perennemente ricercato dall'uomo ma mai completamente raggiunto.

Semper cum dente remanebit lingua dolente.
La lingua si fermerà sempre sul dente che fa male.
(PROVERBIO MEDIEVALE)

È il nostro "La lingua batte dove il dente duole".

Sufficit diei malitia sua.
A ogni giorno basta la sua pena.
(NUOVO TESTAMENTO, *Vangelo di Matteo*, 6,34)

Il detto è spesso citato come invito a preoccuparsi dei problemi immediati, senza pensare a quelli futuri.

Tacitum vivit sub pectore vulnus.
Tacita vive sotto il petto la ferita.
(VIRGILIO, *Eneide*, 4,67)

L'espressione si riferisce a un dolore non ancora sopito o al rancore non ancora placato per un torto ricevuto.

Tanto brevius omne, quanto felicius tempus.
Quanto il tempo è più felice altrettanto è più breve.
(PLINIO IL GIOVANE, *Epistole*, 8,14,10)

Il detto riprende il motivo secondo cui i momenti lieti sembrano brevi, mentre quelli tristi paiono eterni.

Ubi dolor ibi digitus.
Dov'è il dolore, lì è il dito.
(PROVERBIO MEDIEVALE)

Il detto può essere usato in senso sia concreto sia astratto, per dire che quando c'è una sofferenza il pensiero è sempre rivolto a essa.

Una salus victis nullam sperare salutem.
L'unica salvezza per i vinti è non sperare in nessuna salvezza.
(VIRGILIO, *Eneide*, 2,354)

Parole con le quali Enea cerca di convincere i Troiani a combattere la battaglia decisiva con la forza della disperazione.

Vanum est epinicion canere ante victoriam.
È vano cantare canti di giubilo prima della vittoria.
(PROVERBIO MEDIEVALE)

Il detto è un invito a non gioire per l'esito di un'azione se questa non è ancora conclusa.

APPARENZA E INGANNO

Ab uno / disce omnes.
Da uno capisci come sono tutti.
(Virgilio, *Eneide*, 2, 65-66)

Il verso si riferisce al greco spergiuro Sinone che convince i troiani a portare dentro le mura della città il cavallo lasciato dai suoi connazionali. La generalizzazione che ne consegue è che "tutti i greci sono ingannatori". Può essere citato con fini polemici, ma dalla logica formale è considerato un esempio di falso sillogismo.

Aditum nocendi perfido praestat fides.
L'altrui fiducia offre al malvagio l'occasione di nuocere.
(Seneca, *Oedipus*, v. 686)

Le persone fiduciose sono le più esposte agli inganni altrui.

Aliud in ore aliud in corde.
Una cosa nella bocca, un'altra nel cuore.
(Proverbio medievale)

Espressione che indica la falsità di una persona che giura o afferma qualcosa, ma che pensa e agisce diversamente.

Ars deluditur arte.
La finzione si inganna con la finzione.
(*Disticha Catonis*, 1,26,2)

Espressione diffusa anche ai giorni nostri a significare che per sconfiggere la falsità e la finzione bisogna usare queste stesse armi.

Barba non facit philosophum.
La barba non fa il filosofo.
(PLUTARCO, *Quaestiones convivales*, 709B)

È l'esatto corrispondente del nostro "L'abito non fa il monaco".

Candida de nigris et de candentibus atra... facere.
Trasformare il nero in bianco e il bianco in nero.
(OVIDIO, *Metamorfosi*, 11,314)

Espressione equivalente al nostro detto "cambiare le carte in tavola".

Decipit frons prima multos.
La prima impressione spesso inganna.
(FEDRO, *Fabulae*, 4,2,6)

Esortazione di Fedro a non fidarsi dell'aspetto esteriore.

Decipit incautas fistula dulcis aves.
La dolce zampogna inganna gli incauti uccelli.
(PROVERBIO MEDIEVALE)

Si tratta di un motto usato per mettere in guardia da coloro che catturano le persone con il loro bel parlare e le imbrogliano.

Deficit ambobus qui vult servire duobus.
Chi vuole essere il servo di due scontenta entrambi.
(PROVERBIO MEDIEVALE)

Il proverbio, tratto da un detto evangelico, si riferisce a coloro che fanno il doppio gioco o che si comportano in maniera ambigua.

Difficile est tristi fingere mente iocum.
Chi è triste difficilmente lo può dissimulare.
(TIBULLO, *Elegie*, 3,6,34)

Frase che indica la difficoltà di nascondere i propri sentimenti.

Dolo pugnandum est dum quis par non est armis.
Quando le armi sono impari bisogna combattere con l'inganno.
(CORNELIO NEPOTE, *Vita di Annibale*, 10,4)

Esortazione a usare l'astuzia contro avversari più forti.

Duabus sedere sellis.
Sedere su due sedie.
(MACROBIO, *Saturnalia*, 2,3)

Si cita a proposito di chi "tiene il piede in due scarpe".

Ex fructu cognoscitur arbor.
Dal frutto si conosce l'albero.
(NUOVO TESTAMENTO, *Vangelo di Matteo*, 12,34)

Come dal frutto si capisce qual è la pianta, così è dalle azioni che si capisce l'indole degli uomini.

Ex habitu colligitur persona hominis.
Dall'abito si deduce la personalità di un individuo.
(PROVERBIO MEDIEVALE)

Espressione molto diffusa ma non sempre veritiera: è l'esatto opposto del nostro "l'abito non fa il monaco".

Ex ungue leonem.
Dalle unghie puoi riconoscere il leone.

Questo motto, di derivazione greca, è usato per indicare che da un indizio si può comprendere una totalità.

Fallaces... sunt rerum species.
L'aspetto esteriore inganna.
(SENECA, *De beneficiis*, 4,34)

Motto che corrisponde esattamente al detto "L'apparenza inganna".

Fallere qui satagit fallitur arte sua.
Chi si affanna a ingannare si inganna con i suoi stessi artifici.
(PROVERBIO MEDIEVALE)

Motto che invita a non ingannare gli altri perché prima o poi si finisce con il restare intrappolati nella rete delle proprie bugie.

Fere libenter homines id quod volunt credunt.
Per lo più gli uomini credono a quello che vorrebbero che fosse.
(CESARE, *De bello gallico*, 3,18)

Frase usata per indicare come non sempre si riesca a essere obiettivi o si voglia arrendersi all'evidenza dei fatti.

Fere totus mundus exercet histrionem.
Quasi tutto il mondo recita.

Espressione attribuita a Petronio che riprende il tema della vita come recita e degli uomini come attori.

Formosa facies muta commendatio est.
Un bell'aspetto è una muta raccomandazione.
(PUBLILIO SIRO, *Sententiae*, F 81)

Sovente la prima impressione è quella che conta, di qui l'importanza di presentarsi bene.

Fraus sublimi regnat in aula.
La frode regna nelle regge più alte.
(SENECA, *Phaedra*, v. 982)

L'espressione indica che sono spesso i più potenti a servirsi di frodi e imbrogli per mantenere il proprio potere.

Fumo periit qui fumum vendidit.
Chi vende fumo perisce di fumo.
(PROVERBIO MEDIEVALE)

Il detto significa che chi inganna viene a sua volta ingannato.

Habitus non facit monachum.
L'abito non fa il monaco.
(PROVERBIO MEDIEVALE)

È uno dei proverbi più diffusi e citati nella nostra lingua e sta a indicare che è bene non fidarsi delle apparenze.

Heredis fletus sub persona risus est.
Il pianto dell'erede è riso sotto la maschera.
(PUBLILIO SIRO, *Sententiae*, H 5)

L'espressione riprende il motivo dell'erede che si mostra triste, ma che in cuor suo gioisce.

Heu! Quam difficile est crimen non prodere vultu.

Oh! Com'è difficile che il delitto non traspaia dal volto.
(Ovidio, *Metamorfosi*, 2,447)

Chi si macchia di un delitto ne porta i segni impressi sul volto.

Ibis redibis non morieris in bello.

Andrai ritornerai non morirai in guerra.
(Alberico delle Tre Fontane, *Chronicon*)

Frase che si era soliti citare per indicare l'ambiguità degli oracoli. Infatti, collocando una virgola, prima o dopo il *non*, il significato cambia completamente. Il detto viene oggi citato per indicare un discorso sibillino o anche soltanto l'importanza della punteggiatura.

Imago animi vultus, indices oculi.

Il volto è l'immagine dell'anima, gli occhi ne sono rivelatori.
(Cicerone, *De oratore*, 3,59,221)

L'espressione riprende il motivo assai diffuso del volto e degli occhi che tradiscono i pensieri di una persona.

Impia sub dulci melle venena latent.

Sotto il dolce miele si nascondono tremendi veleni.
(Ovidio, *Amores*, 1,8,104)

L'espressione si riferisce a coloro che fanno discorsi ingannatori o danno falsi consigli.

Incidit in foveam qui primus fecerat illam.

Cade nella fossa chi l'ha scavata.
(Antico Testamento, *Proverbi*, 26,27)

Il senso è che chi commette un inganno ne resterà vittima egli stesso e avrà dunque la meritata punizione.

In laqueos auceps decideratque suos.

L'uccellatore era caduto nei suoi stessi lacci.
(Ovidio, *Remedia amoris*, 502)

Espressione proverbiale che indica che chi tende troppe insidie rischia di rimanervi prigioniero.

Intus Nero, foris Cato.

Dentro Nerone, fuori Catone.

(S. GIROLAMO, *Epistole*, 125,18)

Il detto si riferisce alle persone false, che apparentemente sembrano buone e oneste come Catone, ma che nascondono l'animo crudele di un Nerone.

Litum melle gladium.

Una spada cosparsa di miele.

(S. AGOSTINO, *Epistole*, 82,1,2; S. GIROLAMO, *Epistole*, 105,2)

Il detto si riferisce ai discorsi degli adulatori e degli ingannatori.

Mendaci homini ne verum quidem dicenti credere solemus.

Tendiamo a non credere alla persona bugiarda anche quando dice la verità.

(CICERONE, *De divinatione*, 2,146)

Chi mente perde di fiducia e credibilità.

Mendacium nullum senescit.

Nessuna bugia invecchia.

(PROVERBIO MEDIEVALE)

La menzogna viene subito scoperta.

Non bene olet qui bene semper olet.

Non ha buon profumo chi profuma sempre bene.

(MARZIALE, *Epigrammi*, 2,12,4)

Il profumo serve talvolta per mascherare i cattivi odori. Il verso può quindi essere usato per mettere in guardia dalle false apparenze.

Nusquam tuta fides.

La fiducia non è sicura in nessun luogo.

(VIRGILIO, *Eneide*, 4,373)

È il grido di Didone tradita ed è citato oggi per dire che è bene non fidarsi ciecamente delle persone.

Plebs bene vestitum stultum putat esse peritum.
Il volgo ritiene bravo uno sciocco ben vestito.
(PROVERBIO MEDIEVALE)

Il proverbio ripropone sia il tema dell'apparenza ingannatrice, sia quello della credulità della gente.

Solent mendaces luere poenas malefici.
I bugiardi sono soliti essere castigati dal loro stesso vizio.
(FEDRO, *Fabulae*, 1,17,1)

A questo proposito si può ricordare la favola del pastorello che si divertiva a gridare "Al lupo!". Quando il lupo venne davvero, la gente non accorse in suo aiuto.

Timeo Danaos et dona ferentes.
Temo i Dànai anche quando portano doni.
(VIRGILIO, *Eneide*, 2,49)

Sono le parole con cui Laocoonte cerca di convincere i Troiani a non far entrare in città il cavallo. Il detto è oggi citato per mettere in guardia da nemici che propongono facili riconciliazioni.

Vulgus vult decipi, ergo decipiatur.
Il volgo vuole essere ingannato: ebbene, sia ingannato.

Espressione di origine sconosciuta, ma certamente medievale, con la quale si usa designare la credulità popolare, specie nei confronti di imbroglioni e ciarlatani, ma anche riguardo a provvedimenti politici.

APPARENZA E INGANNO

LEGGE E GIUSTIZIA
POLITICA E STATO

Abundans cautela non nocet.
L'eccessiva precauzione non guasta.
(FORMULA GIURIDICA)

Nell'intraprendere una qualsiasi attività, occorre sempre procedere con cautela per non incorrere in spiacevoli inconvenienti.

Ad impossibilia nemo tenetur.
Nessuno è tenuto a fare l'impossibile.
(MASSIMA MEDIEVALE)

Termine usato nel linguaggio giuridico per esprimere il concetto per cui non si può pretendere l'adempimento di un'obbligazione divenuta impossibile e nel linguaggio colloquiale per indicare l'impossibilità di intraprendere azioni superiori alle proprie forze.

Alterum non laedere.
Non danneggiare gli altri.
(*Digesto*, 1,10,1)

È uno dei tre precetti fondamentali del diritto romano, sul quale si basa anche il Codice di Giustiniano.

Audiatur et altera pars.
Si ascolti anche l'altra parte.

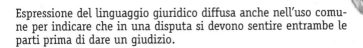

Espressione del linguaggio giuridico diffusa anche nell'uso comune per indicare che in una disputa si devono sentire entrambe le parti prima di dare un giudizio.

Aut enim do tibi ut des, aut do ut facias, aut facio ut des, aut facio ut facias.
O infatti ti do perché tu mi dia, o ti do perché tu faccia, o faccio perché tu mi dia o faccio perché tu faccia.
(*Digesto*, 19,5,5)

Formula giuridica che indica la permuta e il contratto, sintetizzata nella locuzione *do ut des* (vedi glossario).

Bellum omnium contra omnes.
La guerra di tutti contro tutti.
(Thomas Hobbes, *De cive*, 1,12; 5,2)

L'autore definisce così la situazione degli uomini prima dell'organizzazione statale. Oggi la frase è usata per indicare una situazione di conflitto totale.

Boni pastoris esse tondere pecus, non deglubere.
È proprio del buon pastore tosare le pecore, non scorticarle.
(Svetonio, *Vita di Tiberio*, 32)

Risposta di Tiberio a chi gli suggeriva di imporre tasse troppo gravose. La locuzione è usata oggi come invito alla moderazione, soprattutto in ambito politico.

Ceterum censeo Carthaginem esse delendam.
Del resto io penso che Cartagine debba essere distrutta.

Secondo la tradizione Catone il Vecchio concludeva con questa frase tutti i suoi interventi in senato, a significare che per vivere in pace dobbiamo eliminare tutti coloro che ci sono nemici o che ci minacciano. L'espressione viene citata anche nelle forme abbreviate *Ceterum censeo* e *Delenda Carthago*.

Cicero pro domo sua.
Cicerone (parla) per la propria casa.

È il titolo di un'orazione di Cicerone con la quale l'oratore chiedeva l'area e il denaro per ricostruire la propria casa distrutta durante l'esilio. Oggi si usa per definire una persona che si batte egoisticamente per i propri interessi.

Cogitationis poenam nemo patitur.
Nessuno può essere punito per i propri pensieri.
(*Digesto*, 48,19,18)

Massima che afferma l'assoluta libertà di pensiero.

Corruptissima republica plurimae leges.
In una repubblica corrottissima numerose sono le leggi.
(TACITO, *Annales*, 3,27,3)

Detto attualissimo per significare che troppe leggi inutili ledono il diritto del cittadino a una legislazione chiara e comprensibile e indeboliscono inoltre l'efficacia delle leggi veramente necessarie.

De minimis non curat praetor.
Il pretore non si occupa delle piccolezze.
(MASSIMA GIURIDICA MEDIEVALE)

La massima, riferita ai magistrati, è oggi citata per indicare che bisogna trascurare i particolari insignificanti e concentrarsi invece sulle cose veramente importanti.

Divide et impera.
Dividi e regna.

Motto latino che designa la tattica dell'antica Roma, seguita poi da altri stati imperialisti, consistente nel dividere i nemici e gettare tra loro la discordia per dominarli meglio.

Dulce et decorum est pro patria mori.
È dolce e onorevole morire per la patria.
(ORAZIO, *Odi*, 3,2,13)

Verso famosissimo diffuso nella letteratura patriottica.

Dura lex sed lex.
La legge è dura ma è la legge.

Espressione usata spesso per indicare che alla legge bisogna ubbidire anche se è molto severa e rigorosa.

Ei incumbit probatio qui dicit, non qui negat.
L'onere della prova spetta a chi dice, non a chi nega.
(*Digesto*, 22,3,2)

Formula giuridica tuttora citata e rispettata, secondo la quale spetta all'accusa produrre le prove di un crimine.

Error ius facit.
L'errore fa legge.
(*Digesto*, 33,10,3,5)

Formula giuridica tuttora in uso per indicare la relatività del diritto, ossia che da una colpa generalizzata può nascere una norma.

Et facere et pati fortia romanum est.
È proprio dei Romani compiere e sopportare azioni forti.
(Livio, *Ab urbe condita*, 2,12)

Frase famosa attribuita da Livio a Muzio Scevola, che bruciò la propria mano destra per aver fallito il colpo contro il re etrusco Porsenna. Adatta a discorsi patriottici, questa frase fu fatta incidere nel 1915 su una medaglietta distribuita ai massoni italiani in guerra.

In claris non fit interpretatio.
Nelle questioni chiare non si dà adito a interpretazione.
(DETTO GIURIDICO)

La formula viene tuttora citata nell'ambito del diritto per indicare che una questione chiara non necessita di interpretazione.

In maleficiis voluntas spectatur, non exitus.
Nelle azioni delittuose si guarda all'intenzione e non all'effetto.
(FORMULA GIURIDICA)

La formula del diritto romano mira a punire l'intenzione malvagia anche se l'azione non ha avuto esito negativo o è andata a vuoto. L'esempio può essere quello del tentato omicidio.

Iudex damnatur ubi nocens absolvitur.

Quando il colpevole è assolto è condannato il giudice.
(PUBLILIO SIRO, *Sententiae*, I 28)

Il giudice si rende colpevole di non aver compiuto il proprio dovere.

Iuris praecepta sunt haec: honeste vivere, alterum non laedere, suum cuique tribuere.

Questi sono i precetti del diritto: vivere onestamente, non offendere gli altri, dare a ciascuno il suo.
(ULPIANO, *Digesto*, 1,10,1)

Precetti che stabiliscono i principi fondamentali per una corretta convivenza civile.

Mater semper certa est, pater numquam.

La madre è sempre sicura, il padre mai.
(FORMULA GIURIDICA)

La formula è di origine incerta ed esprime il tentativo di porre regole fisse al problema della paternità legittima. Essa viene citata oggi in tono scherzoso.

Necessitas facit ius.

La necessità crea la legge.

La locuzione oggi è nota come formula giuridica.

Noli esse iustus multum.

Non voler essere giusto oltre misura.
(ANTICO TESTAMENTO, *Ecclesiaste*, 7,16)

Il versetto può essere citato come invito a non applicare rigidamente la giustizia, ma a valutare le varie situazioni con duttilità.

Nulla iniuria est quae in volentem fiat.

Non costituisce offesa quella portata a chi è consenziente.
(*Digesto*, 47,10,1,5)

Formula giuridica tuttora in uso, basata sul principio che non viene leso nessun diritto soggettivo quando vi è il consenso del titolare di tale diritto.

Nulla poena sine lege.
Nessuna pena senza legge.
(FORMULA GIURIDICA)

La formula, nata come la successiva nel '700, esprime uno dei più importanti principi del diritto e significa che nessuno può essere punito se non ha trasgredito una legge precisa.

Nullum crimen sine lege.
Nessun delitto senza legge.
(FORMULA GIURIDICA)

La formula significa che un delitto non è considerato tale se non è contemplato dalla legge. Equivale a *Nulla poena sine lege.*

Pacta sunt servanda.
I patti devono essere rispettati.

È una norma fondamentale del diritto internazionale, ma è anche molto famosa e citata nel linguaggio comune come raccomandazione a mantenere la parola data o a rispettare un accordo.

Parcere subiectis et debellare superbos.
Perdonare chi si sottomette e sconfiggere chi si ribella.
(VIRGILIO, *Eneide*, 6,853)

Si tratta delle parole contenute nel vaticinio di Anchise a Enea nell'Ade sulla futura grandezza di Roma e assurte a codice di comportamento politico e militare dei Romani.

Pro aris et focis pugnare.
Combattere per la patria.

Il binomio *aris et focis* compare in numerosi autori latini e indica la patria nel suo aspetto pubblico (*arae* = templi) e privato (*foci* = focolari).

Quod omnes tangit debet ab omnibus approbari.
Ciò che riguarda tutti deve essere approvato da tutti.

Norma giuridica tuttora nota che trae origine dal *Corpus* giustinianeo e sancisce un importante principio democratico.

Salus civitatis in legibus est.
La salvezza dei cittadini sta nella legge.

Formula ricavata da vari passi di Cicerone.

Salus populi suprema lex esto.
La salvezza del popolo sia legge suprema.
(CICERONE, *De legibus*, 3,8)

Il motto è tuttora citato soprattutto nei discorsi pubblici, nella propaganda politica e nell'oratoria.

Silent leges inter arma.
Tacciono le leggi tra le armi.
(CICERONE, *Pro Milone*, 4,11)

Il detto è tuttora citato per dire che l'uso delle armi e della violenza impedisce di risolvere le controversie secondo la ragione e il diritto.

Summum ius, summa iniuria.
Somma giustizia, somma ingiustizia.
(CICERONE, *De officiis*, 1,33)

Il detto pone in guardia da un'applicazione troppo rigorosa e letterale della giustizia, che rischierebbe di trasformarsi in ingiustizia. Le leggi vanno invece interpretate.

Tempus regit actum.
Il tempo regola l'atto.

Formula giuridica per indicare che a ogni atto si applica la legge del tempo in cui esso è redatto, senza che successive modifiche di legge ne vanifichino la validità.

POVERTÀ E RICCHEZZA AVIDITÀ E DENARO

Auri caecus amor ducit in omne nefas.
Il cieco amore dell'oro conduce a ogni nefandezza.
(Rutilio Namaziano, *De reditu suo*, 1,358)

Espressione usata per indicare come la sete di ricchezze o di potere renda capaci di qualsiasi crimine.

Auro conciliatur amor.
L'amore è procurato dall'oro.
(Ovidio, *Ars amatoria*, 2,278)

Espressione che esalta la ricchezza come fonte di qualsiasi bene, persino dell'amore.

Avaritiam omnia vitia habere putabant.
Pensavano che l'avidità contenesse in sé ogni male.
(Catone, 82 Jordan)

Il frammento riprende un motivo diffuso nell'antichità classica secondo il quale l'avidità era la causa di tutti i mali.

Avarus animus nullo satiatur lucro.
L'animo avido non è saziato da nessun guadagno.
(Seneca, *Epistulae morales ad Lucilium*, 94, 43)

Espressione che stigmatizza l'insaziabilità delle persone avide.

Avarus nisi cum moritur, nihil recte facit.
L'avaro non fa nulla di buono se non quando muore.
(PUBLILIO SIRO, *Sententiae*, A 23)

Espressione scherzosa da citare come benevola presa in giro.

Cantabit vacuus coram latrone viator.
Il viandante con le tasche vuote può cantare di fronte al ladro.
(GIOVENALE, *Satire*, 10,22)

Modo di dire usato nel linguaggio comune per indicare che la povertà offre una vita libera da preoccupazioni e permette persino di prendersi gioco dei ladri.

Congesto pauper in auro.
Povero fra i mucchi d'oro.
(SENECA, *Hercules furens*, v. 168)

Espressione usata per indicare che le grandi ricchezze non portano la felicità.

Crescentem sequitur cura pecuniam.
Gli affanni aumentano all'aumentare delle ricchezze.
(ORAZIO, *Odi*, 3,16,17)

Nota espressione per indicare che le ricchezze comportano anche preoccupazioni e ansie.

Crescit amor nummi, quantum ipsa pecunia crevit.
Quanto più cresce la ricchezza, tanto più cresce l'amore per il denaro.
(GIOVENALE, *Satire*, 14,139)

Verso pronunciato come critica nei confronti di coloro che non guadagnano per vivere, ma vivono per guadagnare.

Curia romana non petit ovem sine lana.
La curia romana non vuole la pecora se non ha la lana.

Versi attribuiti a S. Brigida, che esprimono sarcasmo verso l'avidità della curia romana nel Medioevo. Possono essere oggi riferiti a governi che "tosano" i contribuenti.

Dantur opes nullis nunc, nisi divitibus.
A nessuno si danno ricchezze se non ai ricchi.
(MARZIALE, *Epigrammi*, 5,81,2)

L'espressione indica che più uno è ricco e più si arricchisce.

Deficiente pecunia, deficit omne.
Quando manca il denaro manca tutto.
(LATINO VOLGARE)

Si potrebbe controbattere dicendo che il denaro non è tutto nella vita, ma quando manca, di certo, non si vive bene.

Desunt inopiae multa, avaritiae omnia.
Al povero mancano molte cose, all'avido tutto.
(SENECA, *Epistulae morales ad Lucilium*, 108,9)

Espressione critica nei confronti dello sfrenato desiderio di possedere.

Dives aut iniquus est aut iniqui heres.
Il ricco o è ingiusto o l'erede di un ingiusto.
(ERASMO, *Adagia*, 847)

Espressione che indica una certa diffidenza nei confronti della ricchezza e in particolare di chi si arricchisce in fretta.

Divitiarum et formae gloria fluxa atque fragilis est.
La gloria della bellezza e della ricchezza è fuggevole e fragile.
(SALLUSTIO, *De Catilinae coniuratione*, 1)

Espressione che considera la bellezza e la ricchezza come beni effimeri.

Est quasi dives cum nihil habeat
et est quasi pauper cum in multis divitiis sit.
È come un ricco non avendo nulla ed è come un povero nelle ricchezze.
(ANTICO TESTAMENTO, *Proverbi*, 13,7)

Espressione che riprende il tema del ricco materialmente ma povero spiritualmente.

Felix qui didicit contentus vivere parco.
Felice è colui che si dice contento di vivere parcamente.
(BINDER, *Novus thesaurus adagiorum latinorum*)

Motto che esalta una vita semplice e parca, analogo al detto "chi si accontenta gode".

Inopem me copia fecit.
L'abbondanza mi rese povero.
(OVIDIO, *Metamorfosi*, 3,466)

Ritorna il motivo della ricchezza come fonte di infelicità e preoccupazioni.

In nullum avarus bonus est, in se pessimus.
L'avaro non è buono con nessuno, pessimo con se stesso.
(PUBLILIO SIRO, *Sententiae*, I 5)

L'avaro non si concede alcun bene e cerca di impedirlo anche agli altri.

Lucrum sine damno alterius fieri non potest.
Non può esservi guadagno che non danneggi il prossimo.
(PUBLILIO SIRO, *Sententiae*, L 6)

L'espressione definisce il sistema che regola un certo tipo di rapporti economici per cui l'interesse dell'uno provoca lo sfruttamento o il danno dell'altro.

Magna servitus est magna fortuna.
Una grande ricchezza è una grande schiavitù.
(SENECA, *Ad Polybium de consolatione*, 6,4)

Le persone ricche e famose non hanno la libertà di comportamento che possiedono, invece, le persone più umili.

Magnas inter opes inops.
Povero tra grandi ricchezze.
(ORAZIO, *Odi*, 3,16,28)

È la descrizione dell'avaro, tanto preso dalla preoccupazione di mantenere la ricchezza da non riuscire nemmeno a godersela.

Male parta, male dilabuntur.
Le cose male acquistate male finiranno.
(CICERONE, *Filippiche*, 2,65)

L'espressione, che Cicerone attribuisce a Nevio, è tuttora molto citata come critica a una ricchezza acquistata con mezzi e metodi poco ortodossi.

Neminem pecunia divitem fecit.
Il denaro non ha mai fatto ricco nessuno.
(SENECA, *Epistulae morales ad Lucilium*, 119,9)

Non sono i beni materiali a dare la vera felicità, ma la "ricchezza" d'animo.

Omnia mea mecum porto.
Porto con me ogni mia ricchezza.
(CICERONE, *Paradoxa stoicorum*, 1,1,8)

La frase sarebbe stata pronunciata da Biante che fuggì da Priene assediata senza portare via nulla, mentre gli altri indugiavano nel raccogliere le proprie ricchezze. Essa è oggi citata per indicare consapevolezza che la vera ricchezza è quella interiore.

Pauper et dives inimicum matrimonium.
Tra povero e ricco è funesto il matrimonio.
(CALPURNIO FLACCO, *Declamationes*, 29)

Il detto sottolinea la difficoltà di contrarre matrimoni tra persone appartenenti a classi sociali diverse.

Pauper ubique iacet.
Il povero sta male comunque.
(OVIDIO, *Fasti*, 1,218)

Ovvero chi è debole viene sempre e comunque colpito.

Pecuniae imperare haud servire addecet.
Al denaro bisogna comandare, non esserne servi.
(*Appendix sententiarum*, 46 R2)

Il detto riprende il motivo del denaro come mezzo e non come fine.

È solo il denaro a governare ogni cosa.
(PUBLILIO SIRO, *Sententiae*, P 9)

Espressione che sottolinea l'importanza del denaro come motore che muove tutte le cose.

Pecuniosus homo etiam nocens damnari non potest.

Non si riesce a condannare chi ha molto denaro, anche se colpevole.
(CICERONE, *In Verrem*, 1,1)

Si tratta di una massima, purtroppo, sempre attuale.

Probitas laudatur et alget.

L'onestà è lodata, ma trema dal freddo.
(GIOVENALE, *Satire*, 1,84)

La persona onesta raramente è ricca.

Quaerenda pecunia primum est / virtus post nummos.

Bisogna prima cercare la ricchezza, la virtù viene dopo il denaro.
(ORAZIO, *Epistole*, 1,1,53-54)

Orazio pronuncia tali parole ironicamente e anche oggi l'espressione va citata in questo senso.

Quid non mortalia pectora cogis / auri sacra fames!

A cosa non spingi i petti mortali, o esecranda fame dell'oro!
(VIRGILIO, *Eneide*, 3,56-57)

Il verso, citato oggi anche nella forma abbreviata *Auri sacra fames*, deplora la sete di ricchezza e l'avidità.

Qui multum habet plus cupit.

Chi molto ha più desidera.
(SENECA, *Epistulae morales ad Lucilium*, 119,6)

Il verso sottolinea l'eterna insaziabilità dell'uomo.

Quisquis habet nummos secura navigat aura.
Chi ha soldi naviga con venti tranquilli.
(Petronio, *Satyricon*, 137,9)

La frase può essere citata per designare la tranquillità procurata da una certa agiatezza.

Radix enim omnium malorum est cupiditas.
La cupidigia è la radice di tutti i mali.
(Nuovo Testamento, S. Paolo, *Lettera prima a Timoteo*, 6,10)

La cupidigia come generatrice di tutti i mali era già stata condannata anche prima dell'avvento del cristianesimo.

Semper avarus eget.
L'avido ha sempre dei bisogni.
(Orazio, *Epistole*, 1,2,56)

Il verso continua poi con l'esortazione a porre un limite ai desideri, perché l'avidità è fonte di perenne insoddisfazione.

Tam deest avaro quod habet quam quod non habet.
All'avaro manca tanto ciò che ha quanto ciò che non ha.
(Publilio Siro, *Sententiae*, T 3)

La massima riprende il topos dell'insaziabilità dell'avaro e della sua reale povertà.

IRONIA E SATIRA

Absit iniuria verbis.
Non vi sia offesa nelle parole.

Rifacimento della frase di Tito Livio *absit invidia verbo* (*Ab urbe condita*, 9,19,15), cioè "l'astio sia assente dalle mie parole". L'espressione è usata oggi per attenuare l'effetto di una dichiarazione che potrebbe sembrare a qualcuno offensiva.

Accipe, cape, rape sunt tria verba papae.
Accetta, piglia, afferra sono le tre parole del papa.

Si tratta di una delle numerose satire antipapali del Cinquecento.

Ad kalendas graecas solutorum.
Si pagherà alle calende greche.
(SVETONIO, *Vita di Augusto*, 87)

Espressione attribuita all'imperatore Augusto e con la quale egli designava i debitori insolventi. Nel calendario greco, infatti, non esistevano le calende. Di qui l'espressione di oggi "alle calende greche" per dire eufemisticamente "mai" o per designare operazioni rinviate a un futuro assai lontano.

Adversus aerem... certare.
Combattere contro l'aria.
(S. AGOSTINO, *De agone christiano*, 5,5)

Espressione metaforica per designare una lotta che non perviene ad alcun risultato o contro un avversario inesistente.

Aliena nobis, nostra plus aliis placent.
A noi piacciono di più le cose altrui, agli altri le nostre.
(Publilio Siro, *Sententiae*, A 28)

Espressione che ironizza sulla nota tendenza dell'animo umano per cui si desidera soprattutto ciò che non si ha.

Aquas in mare fundere.
Portare acqua al mare.

L'espressione, derivata da un passo dei *Tristia* di Ovidio, è una delle tante indicanti uno sforzo inutile o un'azione completamente illogica.

Auctor opus laudat.
L'autore loda la sua opera.
(Ovidio, *Epistulae ex Ponto*, 3,9,9)

Poiché ognuno tende a compiacersi di quel che ha fatto, è ingenuo affidarsi al suo giudizio per valutare le sue opere.

Aut regem aut fatuum nasci oportere.
Conviene nascere o re o stupido.
(Seneca, *Apocolokỳntosis*, 1,2)

La formula sta a significare che i re e gli stupidi sono i più fortunati in quanto devono essere sempre sopportati.

Barbam vellere mortuo leoni.
Strappare la barba al leone morto.
(Marziale, *Epigrammi*, 10,90,10)

Espressione usata per indicare che è facile attaccare un grande quando esso è definitivamente impossibilitato ad agire.

Castigat ridendo mores.
Scherzando sferza i costumi.
(Jean de Santeuil)

Massima coniata nel '600 in riferimento alla maschera di Arlecchi-no e usata oggi per designare chi sa dare insegnamenti seri, ma in tono scherzoso o satirico.

Clipeum post vulnera sumo.
Prendo lo scudo dopo essere stato già ferito.
(OVIDIO, *Tristia*, 1,3,35)

L'espressione si riferisce agli imprudenti che affrontano una situa-zione rischiosa senza le necessarie precauzioni e corrono ai ripari quando è ormai troppo tardi.

De omnibus rebus et quibusdam aliis.
A proposito di tutto e di qualcos'altro.
(PICO DELLA MIRANDOLA)

È il titolo di una delle 900 tesi che il filosofo discusse a Roma nel 1486 ed è usata oggi per indicare una persona che, per essere esauriente, si serve anche di argomenti non strettamente perti-nenti, o semplicemente per definire chiacchieroni e "tuttologi".

Difficile est satiram non scribere.
È difficile non scrivere una satira.
(GIOVENALE, *Satire*, 1,30)

Espressione usata in situazioni particolarmente comiche o ridicole che non si può fare a meno di notare.

Dulcem rem fabas facit esuries tibi crudas.
La fame trasforma le fave crude in una squisitezza.
(DETTO TARDOLATINO)

Motto scherzoso per dire che quando si ha fame tutto, anche le cose meno appetitose, diventa buono.

Epicuri de grege porcus.
Porco del gregge di Epicuro.
(ORAZIO, *Epistole*, 1,4,16)

Si dice a proposito di chi conduce una vita dedita ai godimenti materiali e ai piaceri dei sensi.

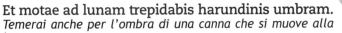

Et motae ad lunam trepidabis harundinis umbram.
Temerai anche per l'ombra di una canna che si muove alla luna.
(GIOVENALE, *Satire*, 10,21)

La paura delle ombre è tipica dei bambini, ma usata nelle espressioni proverbiali indica persone estremamente timorose e paurose.

Exclamas ut Stentora vincere possis.
Gridi tanto forte che potresti superare Stentore.
(GIOVENALE, *Satire*, 13,112)

Nell'antichità una voce forte era spesso associata al personaggio omerico Stentore (cfr. *Iliade*, 5,785) e da ciò deriva la locuzione "voce stentorea".

Facies tua computat annos.
La tua faccia dice i tuoi anni.
(GIOVENALE, *Satire*, 6,199)

Espressione critica nei confronti di chi tenta con cosmetici e simili di nascondere la propria età.

Facit indignatio versum.
L'indignazione fa poesia.
(GIOVENALE, *Satire*, 1,79)

Espressione che indica una poesia satirica, ispirata dallo sdegno e dall'indignazione più che da velleità letterarie.

Felix qui potuit rerum cognoscere causas.
Beato chi poté conoscere le cause delle cose.
(VIRGILIO, *Georgiche*, 2,490)

Virgilio si riferisce al filosofo epicureo che, conoscendo le origini delle cose, non è tormentato da timori superstiziosi.

Ferrum natare doces.
Insegni a un pezzo di ferro a navigare.
(PROVERBIO MEDIEVALE)

Detto tra i tanti indicanti azioni assurde e impossibili.

Flumine vicino stultus sitit.
Lo sciocco soffre la sete vicino a un fiume.
(PETRONIO, *Fragmenta*, 34)

L'espressione è usata a proposito di quelle persone che non notano nemmeno le cose più evidenti.

Fruges consumere nati.
Nati solo per mangiare.
(ORAZIO, *Epistole*, 1,2,27)

Tale espressione è tuttora citata per designare persone dedite soltanto ai beni materiali e prive di una dimensione spirituale.

Furor fit laesa saepius patientia.
La pazienza provocata diviene spesso ira furibonda.
(PUBLILIO SIRO, *Sententiae*, F 27)

Il motto è assai simile al modo di dire "La pazienza ha un limite".

Gula plures occidit quam gladius.
Ne uccide più la gola che la spada.

Famosissimo proverbio medievale che ironizza sui golosi e i codardi.

Hic porcos coctos ambulare.
Qui passeggiano i porci belli e cotti.
(PETRONIO, *Satyricon*, 45,4)

Espressione ironica per definire il paese della cuccagna.

In alio peduculum vides, in te ricinum non vides.
Vedi il pidocchio negli altri e non la zecca su te stesso.
(PETRONIO, *Satyricon*, 57,7)

L'espressione riprende il motivo assai diffuso secondo il quale è più facile vedere i difetti degli altri piuttosto che i nostri.

Inflat se tamquam rana.
Si gonfia come una rana.
(PETRONIO, *Satyricon*, 74,13)

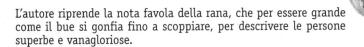

L'autore riprende la nota favola della rana, che per essere grande come il bue si gonfia fino a scoppiare, per descrivere le persone superbe e vanagloriose.

Lingua magis strenua quam factis.

Più valorosi a parole che a fatti.

(LIVIO, *Ab urbe condita*, 8,22)

Con queste parole lo storico definisce la popolazione dei Greci. Oggi l'espressione si riferisce a coloro che si vantano a parole, ma vengono smentiti dai fatti.

Mare verborum gutta rerum.

Mare di parole goccia di fatti.

(MOTTO MEDIEVALE)

Il detto indica che chi parla molto conclude poco.

Maximo periculo custoditur quod multis placet.

Con grandissimo pericolo si custodisce ciò che piace a molti.

(PUBLILIO SIRO, *Sententiae*, M 18)

Espressioni simili ritornano nella tradizione proverbiale medievale e si riferiscono alla custodia di una bella moglie.

Medico male est, si nemini male est.

Il medico sta male se nessuno sta male.

Motto arguto che si presta a essere citato in frasi scherzose.

Melius nil caelibe vita.

Niente è migliore della vita da celibe.

(ORAZIO, *Epistole*, 1,1,88)

Il tema compare in molti proverbi scherzosi in varie lingue.

Montes auri pollicens.

Promettendo montagne d'oro.

(TERENZIO, *Phormio*, v. 68)

Le parole si riferiscono a chi, con grandi discorsi, promette cose impossibili.

Narrare… / fabellam surdo.
Raccontare una storia a un sordo.
(ORAZIO, *Epistole*, 2,1,199-200)

Significa parlare senza essere ascoltati, parlare al vento.

Noluisses de manu illius panem accipere.
Non avresti voluto ricevere dalla sua mano neanche un tozzo di pane.
(PETRONIO, *Satyricon*, 37,3)

Il detto indica una persona dalle cui mani non si accetterebbe nemmeno il pane e con la quale non si vuole avere nulla a che fare.

Non amo nimium diligentes.
Non amo le persone troppo zelanti.
(CICERONE, *De oratore*, 2,67)

Pare che Scipione l'Africano abbia detto tali parole a un soldato che si scusava di non aver preso parte alla battaglia e di essere rimasto all'accampamento per difenderlo.

Non est magni animi, qui de alieno liberalis est.
Non è magnanimo colui che è generoso con la roba altrui.
(SENECA, *De clementia*, 1,20,3)

L'espressione è spesso citata con valore ironico e riprende il tema secondo cui è facile essere generosi con i beni guadagnati da un altro.

Nunc populus est domi leones, foras vulpes.
Il popolo è costituito da leoni in casa e da volpi fuori.
(PETRONIO, *Satyricon*, 44,14)

La volpe qui non è sinonimo di astuzia, bensì di vigliaccheria. Il detto indica, dunque, persone coraggiose a parole ma non nei fatti.

Papa potest extra ius, super ius et contra ius.
Il papa può oltre il diritto, sopra il diritto e contro il diritto.

Il detto, attribuito da alcuni al cardinale Bellarmino, giustifica l'abuso di potere da parte dei papi e può essere applicato a persone che esercitano male il proprio potere, grande o piccolo che sia.

Parietes habent aures.
Le pareti hanno orecchie.
(PROVERBIO MEDIEVALE)

Espressione citabile quando si teme di essere ascoltati di nascosto.

Parturient montes, nascetur ridiculus mus.
Partoriranno i monti e nascerà un ridicolo topo.
(ORAZIO, *Ars poetica*, 139)

Il detto deriva da una favola di Fedro in cui la notizia di una montagna gravida desta timore persino in Giove, ma dalla montagna nasce solo un topolino. Il detto si applica ora a eventi che si rivelano molto inferiori alle attese.

Pericula timidus etiam quae non sunt videt.
Il pavido vede anche i pericoli che non ci sono.
(PUBLILIO SIRO, *Sententiae*, P 3)

L'espressione significa che quando si ha paura si tende a ingigantire anche le minime difficoltà.

Plenus venter facile de ieiuniis disputat.
Un ventre pieno discute facilmente di digiuni.
(S. GIROLAMO, *Epistole*, 58,2)

S. Girolamo ammonisce che è sempre facile parlare di una situazione quando non se ne è provata la reale difficoltà.

Plus oportet scire servum quam loqui.
Al servo conviene più sapere che parlare.
(PLAUTO, *Miles gloriosus*, v. 477)

Il detto riprende un'antica tradizione secondo cui il servo debba sapere e fingere di non sapere.

Propter vitam vivendi perdere causas.
Perdere le ragioni di vita per salvare la vita.
(GIOVENALE, *Satire*, 8,83)

Il detto si riferisce a persone che pur di salvare la vita non esitano a sacrificare i valori morali e ad agire in maniera disonesta.

IRONIA E SATIRA

Quaelibet vulpes caudam suam laudat.
Ogni volpe loda la sua coda.
(PROVERBIO)

Ognuno loda ciò che ha di più prezioso o che gli sembra tale.

Quaerit ex artifice quale sit opus eius.
Chiede a un artigiano qual è la qualità del suo prodotto.
(PROVERBIO MEDIEVALE)

Il detto indica un'azione inutile e sciocca perché si sa già che il mercante loderà la sua merce.

Quasi piscis, itidemst amator lenae: nequam est, nisi recens.
L'amante è per la seduttrice come il pesce: è cattivo se non è fresco.
(PLAUTO, *Asinaria*, v. 178)

Acuta considerazione sulla psicologia della seduzione, che solo nella nuova conquista può trovare appagamento.

Quis custodiet ipsos / custodes?
Chi sorveglierà i sorveglianti?
(GIOVENALE, *Satire*, 6,347-348)

Il motto è in genere citato a proposito di chi cade nelle stesse mancanze che dovrebbe sorvegliare o, in senso ironico, per esprimere sfiducia nei confronti dei governanti.

Quisquis ubique habitat... nusquam habitat.
Chi abita ovunque non abita da nessuna parte.
(MARZIALE, *Epigrammi*, 7,73,6)

La massima, derivata da un passo dell'*Ifigenia in Tauride* di Euripide, può essere citata a proposito di viaggiatori e vagabondi.

Quod est ante pedes nemo spectat, caeli scrutantur plagas.
Nessuno bada a ciò che ha tra i piedi: scrutano le immensità del cielo.
(CICERONE, *De divinatione*, 2,30)

L'espressione, attribuita da Cicerone a Democrito, ridicolizza i filosofi nella loro attività di scrutare il cielo e di non accorgersi, quindi, di ciò che può accadere ai loro piedi. Il detto si adatta in modo particolare a persone distratte o sempre immerse nei loro pensieri.

Rara est concordia formae / atque pudicitiae.
È rara la comunanza di bellezza e castità.
(GIOVENALE, *Satire*, 10,297-298)

Si tratta di una ripresa del motivo secondo cui alla bellezza esteriore non corrisponde quella interiore.

Ridentem dicere verum quid vetat?
Cosa proibisce di dire la verità scherzando?
(ORAZIO, *Satire*, 1,1,24)

La formula si adatta a quei momenti in cui si riesce a dire la verità in maniera ironica e scherzosa.

Sacrilegia minuta puniuntur, magna in triumphis feruntur.
I delitti piccoli sono puniti, quelli grandi portati in trionfo.
(SENECA, *Epistulae morales ad Lucilium*, 87,23)

Il detto allude chiaramente alla disonestà dei governanti che riescono sempre a farla franca.

Si ad sepulcrum mortuo narret logos.
Se raccontasse storie a un morto vicino alla tomba.
(PLAUTO, *Bacchides*, v. 519)

L'esempio fatto da Plauto è uno dei tanti che indicano un'azione inutile e del tutto priva di efficacia.

Si charta cadit tota scientia vadit.
Se ti cade la carta se ne va tutta la scienza.
(VERSO MACCHERONICO)

Il verso si riferisce a chi non sa improvvisare un discorso o rispondere all'istante a una domanda, ma deve sempre prepararsi appunti scritti.

Subtracto fundamento in aere velle aedificare.
Voler costruire in aria senza fondamenta.
(S. AGOSTINO, *Sermoni*, 8,2)

Oggi diciamo: "fare castelli in aria".

Totum diem argutatur quasi cicada.
Frinisce tutto il giorno come se fosse una cicala.
(NEVIO, FRAMMENTO)

Il detto si riferisce a persone che parlano in continuazione fino a sfinire chi sta loro vicino.

Tranquillo [mare] quilibet gubernator est.
Tutti sanno fare il timoniere con il mare calmo.
(SENECA, *Epistulae morales ad Lucilium*, 85,34)

Soltanto nelle difficoltà emergono le capacità di una persona.

Umbram suam metuit.
Ha paura della sua ombra.
(QUINTO CICERONE, *Commentariolum petitionis*, 2,9)

Espressione usata per indicare una persona estremamente paurosa, timorosa anche delle cose più innocue.

Ut si / caecus iter monstrare velit.
Come un cieco che voglia indicare la strada.
(ORAZIO, *Epistole*, 1,17,3-4)

Il detto si riferisce a persone che pretendono di dare consigli su argomenti o situazioni che non conoscono.

Vasa inania multum strepunt.
I vasi vuoti fanno grande rumore.
(PROVERBIO MEDIEVALE)

Il detto significa che gli sciocchi non stanno mai zitti.

Venter praecepta non audit.
Il ventre non ascolta precetti.
(SENECA, *Epistulae morales ad Lucilium*, 21,11)

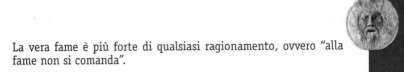

La vera fame è più forte di qualsiasi ragionamento, ovvero "alla fame non si comanda".

Verba non implent marsupium.
Le parole non riempiono il borsellino.
(MOTTO VOLGARE)

Ossia a parole non si ottiene nulla.

Vino intrante foras subito sapientia vadit
Quando entra il vino esce la saggezza.
(PROVERBIO MEDIEVALE)

Il detto descrive l'ottenebramento della mente a causa del vino.

Vitam inpendere vero.
Rischiare la vita per amore della verità.
(GIOVENALE, *Satire*, 4,91)

Giovenale si riferisce a un personaggio incapace di esprimere liberamente il proprio pensiero e di rischiare la vita per affermare la verità.

Vivere de vento quemquam non posse memento.
Ricordati che nessuno può vivere d'aria.
(PROVERBIO MEDIEVALE)

Il detto si addice a persone che mangiano poco o, tradizionalmente, agli innamorati.

Vox faucibus haesit.
La voce si fermò nelle fauci.
(VIRGILIO, *Eneide*, 2,774)

Espressione usata per indicare grande stupore o spavento, tanto da ammutolire.

NATURA E ANIMALI

Altissima quaeque flumina
minimo sono labuntur.
I fiumi più profondi scorrono con minor rumore.
(Curzio Rufo, *Historiae Alexandri Magni*, 7,4)

Il proverbio riprende la tradizione che definisce l'acqua tranquilla
e silenziosa come pericolosa e infida e può essere citato a proposito di quelle persone definite "acque chete".

Annosa vulpes haud capitur laqueo.
Una vecchia volpe non si fa prendere in trappola.
(PROVERBIO MEDIEVALE)

Il proverbio, di origine greca, è basato sull'accostamento della fur-
bizia della volpe alla saggezza della vecchiaia e indica la difficoltà
di ingannare una persona vecchia ed esperta.

Apes... debemus imitari.
Dobbiamo imitare le api.
(SENECA, *Epistulae morales ad Lucilium*, 84,3)

Le api sanno prendere gli elementi adatti da ogni fiore e deposi-
tarli ordinatamente nei favi. L'espressione vale dunque come invito a compiere coscienziosamente il proprio lavoro.

Aquila muscas non captat.
L'aquila non prende le mosche.

Motto di origine ignota il cui significato è che i grandi non si
occupano delle minuzie o delle piccole questioni.

Asinus asinum fricat.
Un asino gratta l'altro.

Proverbio del latino volgare usato anche oggi scherzosamente per indicare aiuto reciproco.

Aspis... a vipera mutuari venenum.
L'aspide prende a prestito il veleno dalla vipera.
(Tertulliano, *Adversus Marcionem*, 3,8,1)

Il detto indica le persone cattive che, pur di fare il male, si aiutano a vicenda.

Ausus maiores fert canis ante fores.
Il cane davanti alla porta di casa osa di più.
(proverbio medievale)

L'espressione può significare sia che ognuno è padrone a casa sua, sia che è facile essere coraggiosi o arroganti quando ci si sente al sicuro.

Canem timidum vehementius latrare.
Il cane pauroso abbaia più forte.
(Curzio Rufo, *Historiae Alexandri Magni*, 7,4,13)

Espressione usata per dire che spesso ciò che apparentemente fa più paura in realtà è innocuo.

Canes plurimum latrantes raro mordent.
Can che abbaia non morde.
(latino volgare)

Per dire che spesso un linguaggio molto aggressivo serve solo a mascherare l'incapacità di affrontare realmente il nemico.

Canis caninam carnem non est.
Cane non mangia cane.
(Varrone, *De lingua latina*, 3,71)

Il proverbio significa sia che i potenti riescono sempre ad accordarsi alle spalle degli altri, sia che persone che si trovano nella medesima situazione non devono litigare.

Canis festinans caecos parit catulos.
La cagna frettolosa fa i cuccioli ciechi.
(LATINO MEDIEVALE)

Proverbio di origine orientale che invita a non agire in fretta, ma con calma e prudenza.

Canis qui mordet mordetur.
Can che morde viene morso.

Proverbio medievale che mette in guardia dai pericoli dell'uso e dell'abuso della forza.

Corvus oculum corvi non eruet.
Il corvo non strappa gli occhi al corvo.
(GREGORIO DI TOURS, *Historia Francorum*, 5,18)

L'espressione sta a significare che tra persone simili non ci si maltratta.

Dat veniam corvis, vexat censura columbas.
Il biasimo perdona ai corvi, se la prende con le colombe.
(GIOVENALE, *Satire*, 2,63)

Verso citato per indicare un'evidente ingiustizia; da sempre infatti le colombe sono il simbolo della bontà e della pace, mentre i corvi rappresentano l'esatto contrario.

Dente lupus, cornu taurus petit.
Il lupo assale con i denti, il toro con le corna.
(ORAZIO, *Satire*, 2,1,52)

L'espressione significa che ognuno usa le armi o le capacità di cui dispone.

De nuce fit corylus, de glande fit ardua quercus.
Da una noce nasce un albero, da una ghianda una gigantesca quercia.
(PROVERBIO MEDIEVALE)

Il detto riprende un motivo assai diffuso secondo il quale le grandi cose nascono dalle più piccole e insignificanti.

De rerum natura.
Sulla natura delle cose.
(LUCREZIO, *De rerum natura*)

Titolo del celebre poema di Lucrezio, citato per indicare il naturale corso delle cose.

Dormienti vulpi cadit intra os nihil.
Alla volpe che dorme nulla cade in bocca.
(PROVERBIO MEDIEVALE)

Massima citabile per dire che chi non si dà da fare non ottiene nulla.

Faciunt favos et vespae.
Anche le vespe fanno i favi.
(TERTULLIANO, *Adversus Marcionem*, 4,5)

I favi delle vespe, pur uguali a quelli delle api, sono vuoti. L'espressione va quindi citata come ammonimento a saper distinguere ciò che è buono da ciò che non lo è, pur avendone l'aspetto.

Homo est animal bipes rationale.
L'uomo è un bipede razionale.
(BOEZIO, *De consolatione philosophiae*, 5,7)

Già i filosofi greci avevano individuato nella ragione la differenza tra l'uomo e gli altri esseri viventi.

In praetoriis leones, in castris lepores.
Nel palazzo leoni, nell'accampamento lepri.
(SIDONIO APOLLINARE, *Epistole*, 5,7,5)

Il detto si riferisce a quelli coraggiosi a parole, ma in realtà codardi.

Intrasti ut vulpis, regnabis ut leo, morieris ut canis.
Entrasti (nel papato) da volpe, regnerai da leone, morirai da cane.

Secondo la tradizione si tratterebbe della profezia fatta da Celestino V al suo successore Bonifacio VIII, morto di rabbia dopo l'affronto di Anagni, mordendosi le mani e picchiando la testa contro il muro.

Latet anguis in herba.
Il serpente sta nascosto nell'erba.
(VIRGILIO, *Bucoliche*, 3,93)

Con queste parole Virgilio invita i raccoglitori di fragole e fiori a fare attenzione. Oggi vengono citate per mettere in guardia da doni e complimenti sospetti o interessati.

Leonem mortuum et catuli mordent.
Il leone morto lo mordono anche i cagnolini.
(PROVERBIO MEDIEVALE)

È il tema del grande e potente che dopo morto non fa più paura.

Leonis catulum ne alas.
Non nutrire il cucciolo del leone.
(ERASMO, *Adagia*, 2,3,77)

Il leoncino sembra infatti un animale dolce e grazioso, ma una volta cresciuto si trasforma in una belva feroce.

Lepores duos insequens neutrum capit.
Chi insegue due lepri non ne prende nemmeno una.
(PROVERBIO MEDIEVALE)

Il proverbio deriva direttamente dal greco e ha un significato analogo al nostro "chi troppo vuole nulla stringe".

Lupus pilum mutat non mentem.
Il lupo cambia il pelo, ma non il pensiero.
(PROVERBIO MEDIEVALE)

Il detto corrisponde esattamente al nostro proverbio "il lupo perde il pelo, ma non il vizio" e significa che una persona può anche cambiare esteriormente ma interiormente rimane la stessa.

Medicus curat, natura sanat.
Il medico cura, la natura guarisce.
(PROVERBIO MEDIEVALE)

La guarigione dipende, infatti, dalle naturali capacità di reazione del fisico.

Melior est canes vivus leone mortuo.
Meglio un cane vivo che un leone morto.
(ANTICO TESTAMENTO, *Ecclesiaste*, 9,4)

Tale espressione viene citata come incitamento a non correre rischi eccessivi.

Natura abhorret vacuum.
La natura ha orrore del vuoto.

La frase esprime la concezione della natura della scuola aristotelica, in contrapposizione alla scuola atomistica (Epicuro, Democrito) che ammetteva, invece, l'esistenza di spazi vuoti. Oggi viene usata per lo più in senso metaforico, per es. riferendosi ai vuoti di potere, che la realtà politica tende necessariamente a colmare.

Naturae sequitur semina quisque suae.
Ognuno segue le inclinazioni che ebbe dalla natura.
(PROPERZIO, *Elegie*, 3,9,20)

L'espressione si presta a essere citata come consiglio, nel momento di decisioni importanti (scuola, corso di studi, lavoro ecc.), a seguire le proprie inclinazioni e non voler fare a tutti i costi ciò per cui non si è dotati.

Naturalia non sunt turpia.
Le cose naturali non sono turpi.

Il motto non è attestato nel latino classico, ma è ugualmente molto diffuso a indicare una visione ottimistica della natura.

Natura maxime miranda in minimis.
La natura è ammirevole soprattutto nelle cose più piccole.

Il detto, ispirato a un passo della *Naturalis Historia* di Plinio il Vecchio, vuole indicare che la grandezza e la perfezione della natura si manifestano nei fenomeni più insignificanti o meno evidenti. È la filosofia delle piccole cose.

Naturam expellas furca, tamen usque recurret.
Puoi cacciare la natura con un forcone, ma tornerà di nuovo.
(ORAZIO, *Epistole*, 1,10,24)

La frase oraziana si riferisce al fatto che la natura è presente anche nelle città, dove nei palazzi si coltivano giardini e boschetti. La massima è entrata, però, nell'uso comune in riferimento all'indole naturale, al carattere di una persona che rimane immutabile.

Naturam non matrem esse humani generis, sed novercam.
La natura non è madre, ma matrigna del genere umano.
(LATTANZIO, *De opificio Dei*, 3,1)

L'espressione si riferisce al fatto che la natura ha dotato di strumenti di difesa tutte le specie animali tranne l'uomo. Il detto è divenuto famosissimo in quanto ritorna nel pensiero leopardiano.

Natura non facit saltus.
La natura non procede per salti.
(LINNEO, *Philosophia botanica*, cap. 27)

Nella natura, infatti, tutto si evolve per gradi e per lente trasformazioni. La massima è, dunque, un invito a non voler agire impulsivamente, ma a fare le cose al momento giusto, senza "bruciare le tappe".

Nec vincere possis flumina, si contra, quam rapit unda, nates.
Non puoi vincere i fiumi se nuoti contro l'impeto dell'onda.
(OVIDIO, *Ars amatoria*, 2,181)

Il motivo dell'andare contro corrente si riferisce qui a persone che tentano di risolvere le difficoltà prendendole dal lato sbagliato e così facendo ne creano di nuove.

Neque imbellem feroces / progenerant aquilae columbam.
Le feroci aquile non generano mai una pacifica colomba.
(ORAZIO, *Odi*, 4,4,31)

Il verso oraziano si basa sulla nota contrapposizione tra aquile e colombe e indica che da una cosa cattiva difficilmente può nascerne una buona.

Parva necat morsu spatiosum vipera taurum.
Una piccola vipera uccide con un morso un grosso toro.
(Ovidio, *Remedia amoris*, 421)

Il verso riprende il tema dei piccoli che riescono ad avere il sopravvento sui grandi.

Parvo esset natura contenta.
La natura si accontenta di poco.
(Cicerone, *De finibus*, 2,91)

Il detto invita ad accontentarsi poiché poche sono le cose veramente necessarie e importanti.

Senecta leonis praestantior hinnulorum iuventa.
Il leone vecchio è più forte dei cerbiatti giovani.
(PROVERBIO MEDIEVALE)

Il proverbio è di origine greca e significa che i forti anche da vecchi sono più forti degli incapaci.

Si ad naturam vives, numquam eris pauper;
si ad opiniones, numquam eris dives.
Se vivi secondo la natura, non sarai mai povero; se ti adegui all'opinione corrente, non sarai mai ricco.
(Seneca, *Epistulae morales ad Lucilium*, 16,7)

La massima, che Seneca cita da Epicuro, invita a non voler cercare i beni superflui, ma a tornare alla natura.

Uno in saltu... apros capiam duos.
Con una sola trappola prenderò due cinghiali.
(Plauto, *Casina*, v. 476)

È come dire "prendere due piccioni con una fava".

Vulpinari cum vulpe.
Con la volpe comportarsi da volpe.
(Erasmo, *Adagia*, 1,2,28)

Quando si ha a che fare con gli astuti e con i furbi bisogna comportarsi come loro, usando le loro stesse armi.

RELIGIONE

Abyssus abyssum invocat.
L'abisso chiama l'abisso.
(ANTICO TESTAMENTO, *Salmi*, 42,8)

L'espressione può essere utilizzata nel linguaggio colloquiale per indicare che il male inevitabilmente attira a sé altro male.

Adtendite a falsis prophetis, qui veniunt ad vos in vestimentis ovium, intrinsecus autem sunt lupi rapaces.
Guardatevi dai falsi profeti, che vengono da voi sotto spoglie di pecore, ma che nel loro intimo sono lupi rapaci.
(NUOVO TESTAMENTO, *Vangelo di Matteo*, 7,15)

Espressione citabile in discorsi solenni come massima morale o monito a guardarsi dai propinatori di false ideologie.

Alius est qui seminat et alius est qui metit.
Altro è chi semina e altro chi miete.
(NUOVO TESTAMENTO, *Vangelo di Giovanni*, 4,37)

Cristo intende qui affermare che egli è venuto a spargere il seme della buona novella e che gli apostoli ne raccoglieranno i frutti. La massima si adatta a coloro che lavorano gratuitamente al servizio degli altri, ma può anche avere una valenza negativa e connotare coloro che traggono vantaggio dal lavoro e dalle fatiche altrui.

Ante mortem ne laudes hominem quemquam.
Non lodare nessuno prima della sua morte.
(Antico Testamento, *Siracide*, 11,28)

Nessuno può dirsi veramente buono finché non si è compiuto tutto il corso della vita.

A solis ortu usque ad occasum.
Dal sorgere del sole fino al suo tramonto.
(Antico Testamento, *Salmi*, 113,3)

La frase compare nell'iscrizione della casa reale spagnola e indica la vastità dell'impero spagnolo di un tempo sul quale, come diceva Carlo V, non tramontava mai il sole.

Aures habent et non audient.
Hanno orecchie e non sentono.
(Antico Testamento, *Salmi*, 115,6)

Si dice di chi, per ignoranza o testardaggine, non vuole arrendersi all'evidenza dei fatti.

Beati mortui qui in Domino moriuntur.
Beati i morti che muoiono nel Signore.
(Nuovo Testamento, *Apocalisse*, 14,13)

Frase famosa che compare anche in un noto brano di Mendelssohn.

Beati pauperes spiritu: quoniam ipsorum est regnum caelorum.
Beati i poveri in spirito poiché di essi è il regno dei cieli.
(Nuovo Testamento, *Vangelo di Matteo*, 5,3)

Passo evangelico dal profondo significato teologico. La prima parte può essere usata nel linguaggio comune in riferimento a persone dai modi di vita semplici e sobri.

Benedictus vir qui confidit in Domino.
Benedetto l'uomo che confida nel Signore.
(Antico Testamento, *Geremia*, 17,7)

È uno dei principali fondamenti della dottrina cristiana che invita a riporre la propria fede in Dio.

Caecus autem si caeco ducatum praestet, ambo in foveam cadunt.

Se un cieco guida un altro cieco cadono entrambi nella fossa.
(Nuovo Testamento, *Vangelo di Matteo*, 15,14)

Espressione usata da Gesù per indicare i farisei. È un monito a non scegliere come guida chi è altrettanto incapace di coloro che dovrebbe guidare.

Carere non potest fame, qui panem pictum lingit.

Non può saziare la fame chi lecca un pane dipinto.
(S. Agostino , *De civitate Dei*, 4,23,17)

Agostino paragona chi cerca la felicità terrena, dimentico di Dio, a un cane affamato che lecca un pane dipinto senza chiederlo all'uomo che glielo potrebbe dare.

Credibile est quia ineptum est.

È credibile perché inconcepibile.
(Tertulliano, *De carne Christi*, 5,4)

Espressione che si riferisce alla fede dei credenti di fronte ad alcuni eventi inspiegabili.

Credo quia absurdum.

Credo perché è assurdo.

Espressione attribuita a Tertulliano che ben esprime il paradosso della fede cristiana in un Dio onnipotente morto in croce.

Credo ut intelligam, non intelligo ut credam.

Credo per comprendere, non comprendo per credere.
(S. Anselmo, *Proslogion*, 1)

Espressione famosa che pone la fede come fondamento della stessa possibilità di una comprensione razionale del mondo.

Cuius regio, eius et religio.

Di chi è principe della regione, di lui sarà anche la religione.

Clausola della Pace di Augusta del 1555, secondo la quale i sudditi avrebbero dovuto seguire la religione del sovrano della propria regione.

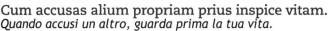

Cum accusas alium propriam prius inspice vitam.
Quando accusi un altro, guarda prima la tua vita.
(CATONE, *Monostici*, 41)

Motivo antichissimo, ripreso poi nel Vangelo, che invita a non giudicare gratuitamente.

Debellavit superbos, exaltavit humiles.
Ha rovesciato i superbi e ha innalzato gli umili.

Parole del *Magnificat* inneggianti alla potenza e alla giustizia di Dio.

Deus quos probat, quos amat indurat.
La divinità mette alla prova e rende forti coloro che ama.
(SENECA, *De providentia*, 4,7)

Espressione usata anche oggi come consolazione nei momenti tristi o difficili della vita.

Dies irae, dies illa.
Giorno dell'ira quel giorno.
(ANTICO TESTAMENTO, *Sofonia*, 1,15)

Riga iniziale di un versetto che descrive il giorno del Giudizio. L'espressione è oggi usata per indicare un giorno importante o nel quale avverranno grandi cambiamenti.

Dixi et salvavi animam meam.
Ho parlato e ho salvato la mia anima.
(DETTO MEDIEVALE)

Queste parole, in origine collegate alla confessione dei peccati, sono oggi fatte proprie soprattutto da chi, per coerenza intellettuale e morale, fa affermazioni considerate impopolari.

Dixitque Deus: fiat lux.
E Dio disse: sia fatta la luce.
(ANTICO TESTAMENTO, *Genesi*, 1,3)

Espressione famosissima, usata nel linguaggio comune anche in casi estremamente banali della vita quotidiana (per es. il ripristino della corrente elettrica dopo un blackout).

Domine, exaudi vocem meam.
Signore, ascolta la mia voce.
(Antico Testamento, *Salmi*, 130,2)

Si tratta del secondo verso del *De profundis* (vedi glossario), pronunciato come invocazione a Dio nei momenti difficili.

Domine, non sum dignus.
Signore, non sono degno.
(Nuovo Testamento, *Vangelo di Matteo*, 8,8)

Espressione di consapevolezza della propria indegnità di fronte a Dio.

Domine, quo vadis?
Signore, dove vai?

Frase divenuta famosa in seguito a un noto romanzo e film. Secondo la leggenda essa sarebbe stata pronunciata da S. Pietro in fuga da Roma, al quale apparve Cristo.

Domine, salvum fac regem.
Signore, salva il re.
(Antico Testamento, *Salmi*, 20,10)

Salmo *pro rege* ("per il re") che il papa Adriano I rese obbligatorio in alcune funzioni. La formula "Dio salvi il re" è divenuta in seguito famosissima nelle varie lingue.

Dominus dedit, Dominus abstulit.
Il Signore ha dato, il Signore ha tolto.
(Antico Testamento, *Giobbe*, 1,21)

Espressione che si riferisce a coloro che si rassegnano, inteso però in senso positivo, e accettano con serenità le alterne vicende della vita.

Ecce ancilla Domini.
Ecco la serva del Signore.
(Nuovo Testamento, *Vangelo di Luca*, 1,38)

È la risposta di Maria all'angelo che le annuncia la futura maternità. L'espressione è usata oggi nel linguaggio comune per indicare la completa ubbidienza a una volontà superiore.

Eritis sicut Deus, scientes bonum et malum.
Sarete come Dio, conoscitori del bene e del male.
(Antico Testamento, *Genesi*, 3,5)

La frase che il serpente rivolge a Eva è un'istigazione alla superbia di volersi elevare al rango di Dio.

Erunt duo in carne una.
Saranno due in una sola carne.
(Antico Testamento, *Genesi*, 2,24)

Formula famosissima, tuttora in uso nella liturgia cattolica come definizione del matrimonio.

Estote ergo prudentes sicut serpentes et simplices sicut columbae.
Siate dunque prudenti come i serpenti e semplici come le colombe.
(Nuovo Testamento, *Vangelo di Matteo*, 10,16)

Invito alla prudenza, che per non diventare però opportunistica astuzia deve sempre accompagnarsi alla purezza di cuore.

Est vir qui adest.
[La verità] è l'uomo che hai di fronte.

Anagramma della frase *Quid est veritas?* (vedi) pronunciata da Pilato e alla quale, secondo un aneddoto, Cristo avrebbe risposto cosi.

Et in ore fatuorum cor illorum, et in corde sapientium os illorum.
Sulla bocca degli stolti è il loro cuore, la bocca dei sapienti è invece nel loro cuore.
(Antico Testamento, *Siracide*, 21,26)

Espressione usata oggi per indicare l'opposizione tra la bocca, sede della superficialità, e il cuore, luogo dell' interiorità più profonda.

Ex abundantia cordis os loquitur.
La bocca parla dalla pienezza del cuore.
(Nuovo Testamento, *Vangelo di Matteo*, 12,34)

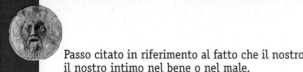

Passo citato in riferimento al fatto che il nostro parlare rispecchia il nostro intimo nel bene o nel male.

Exemplum Dei quisque est in imagine parva.
Ognuno in piccola immagine è un esempio di Dio.
(MANILIO, *Astronomica*, 4,895)

Questa espressione del poeta pagano corrisponde alla famosa affermazione del testo biblico, secondo cui "Dio creò l'uomo a sua immagine e somiglianza" (*Genesi*, 1,27).

Extra Ecclesiam nulla salus.
Fuori della Chiesa non c'è salvezza.

Si tratta del concetto fondamentale della bolla *Unam sanctam* di Bonifacio VIII. L'espressione indica oggi una mentalità religiosa piuttosto ristretta che ritiene la Chiesa la depositaria assoluta della verità e della salvezza.

Facilium est camelum per foramen aculum transire, quam divitem intrare in regnum caelorum.
È più facile che un cammello passi per la cruna di un ago che un ricco entri nel regno dei cieli.
(NUOVO TESTAMENTO, *Vangelo di Matteo*, 19,24)

Frase famosissima citata per indicare che l'attaccamento ai beni mondani è l'antitesi della via indicata da Cristo.

Fiat voluntas tua.
Sia fatta la tua volontà.
(NUOVO TESTAMENTO, *Vangelo di Matteo*, 6,10)

Celeberrima frase del *Pater noster* che esprime il totale affidamento e la rassegnata ubbidienza alla volontà divina.

Fides tua te salvam fecit: vade in pace.
La tua fede ti ha salvato: vai in pace.
(NUOVO TESTAMENTO, *Vangelo di Luca*, 7,50)

Famose parole rivolte da Gesù alla Maddalena che inneggiano alla fede cristiana.

Fiet unum ovile et unus pastor.
Vi sia un solo ovile e un solo pastore.
(NUOVO TESTAMENTO, *Vangelo di Giovanni*, 10,16)

Passo sul quale si fonda il dogma della Chiesa cattolica.

Homo proponit sed Deus disponit.
L'uomo propone, Dio dispone.
(TOMMASO DA KEMPIS, *De Imitatione Christi*, 1,19,1)

Il concetto esprime la fiducia e l'abbandono in Dio da parte del cristiano, in quanto è Dio a decidere delle vicende umane.

In hoc signo vinces.
In questo segno vincerai.
(EUSEBIO DI CESAREA, *Vita di Costantino*, 1, 28)

Parole che Costantino avrebbe letto intorno alla croce apparsagli in cielo nell'anno 312 alla vigilia della battaglia contro Massenzio. L'espressione si usa oggi in riferimento a eventi o a segni che sembrano preannunciare l'esito positivo di un'azione.

Iniuriarum remedium est oblivio.
Rimedio alle offese è il dimenticarle.
(PUBLILIO SIRO, *Sententiae*, I 21)

Il motivo era molto diffuso soprattutto negli autori cristiani che invitano al perdono.

In necessariis unitas, in dubiis libertas, in omnibus charitas.
Unità nelle cose essenziali, libertà in quelle dubbie, carità in tutto.

La sentenza, attribuita in passato a S. Agostino, esprime il modello ideale di relazioni all'interno della comunità cristiana.

Inquietum est cor nostrum, donec requiescat in te.
Il nostro cuore è inquieto finché non trova pace in te.
(S. AGOSTINO, *Confessioni*, 1,1)

L'espressione viene spesso citata, anche soltanto nella sua prima parte, a indicare che solo in Dio l'uomo può trovare riparo dalle angosce.

Itinerarium mentis in Deum.
Il cammino della mente verso Dio.

Titolo dell'opera più famosa di Bonaventura da Bagnoregio, l'espressione indica un graduale innalzamento verso la divinità attraverso un itinerario spirituale di purificazione. Itinerario di cui anche la *Divina Commedia* dantesca è considerata un esempio.

Levemus corda nostra cum manibus ad Dominum in coelo.
Innalziamo i nostri cuori con le mani a Dio nei cieli.
(Antico Testamento, *Lamentazioni*, 3,41)

Il versetto costituisce la fonte dell'espressione più nota *Sursum corda* (vedi glossario).

Libera nos, Domine, a morte aeterna.
Liberaci, o Signore, dalla morte eterna.

Invocazione famosa pronunciata nella liturgia cattolica durante i funerali. Oggi *libera nos Domine* viene citato scherzosamente riguardo a qualcosa o qualcuno che si vuole evitare.

Maledictus homo qui confidit in hominem.
Maledetto l'uomo che confida nell'uomo.
(Antico Testamento, *Geremia*, 17,5)

Con queste parole il profeta invita a confidare in Dio e a riporre in Lui la propria sicurezza.

Maximus in minimis Deus.
Dio è grandissimo nelle cose piccolissime.

L'antico motto divenuto proverbiale sarebbe il rifacimento di un passo di Plinio (*Naturalis Historia*, 11,1) che si riferisce alla natura.

Mea culpa, mea culpa, mea maxima culpa.
Per mia colpa, mia colpa, mia grandissima colpa.

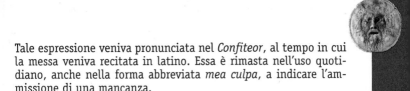

Tale espressione veniva pronunciata nel *Confiteor*, al tempo in cui la messa veniva recitata in latino. Essa è rimasta nell'uso quotidiano, anche nella forma abbreviata *mea culpa*, a indicare l'ammissione di una mancanza.

Memento homo quia pulvis es et in pulverem reverteris.
Ricordati uomo che sei polvere e polvere ritornerai.
(ANTICO TESTAMENTO, *Genesi*, 3,19)

Sono le parole, ripetute nel rituale della liturgia cattolica il mercoledì delle ceneri, con cui Dio conclude il discorso della cacciata dal Paradiso terrestre di Adamo ed Eva.

Multi autem erunt primi novissimi et novissimi primi.
Molti dei primi saranno gli ultimi e gli ultimi saranno i primi.
(NUOVO TESTAMENTO, *Vangelo di Matteo*, 19,30)

Espressione famosissima, usata spesso ironicamente nel linguaggio comune come consolazione per qualche sconfitta subita. Il significato teologico è, invece, assai profondo e allude al riscatto nell'altra vita.

Multi enim sunt vocati, pauci vero electi.
Molti sono i chiamati, ma pochi gli eletti.
(NUOVO TESTAMENTO, *Vangelo di Matteo*, 22,14)

Anche questo versetto è di grande portata teologica. Esso è entrato tuttavia nell'uso comune a proposito di gare, concorsi ecc., raggiunti dopo aver superato una dura selezione.

Nemo potest duobus dominis servire.
Nessuno può servire due padroni.
(NUOVO TESTAMENTO, *Vangelo di Matteo*, 6,24)

Con tali parole Cristo invita a non preoccuparsi troppo dei beni terreni e a non divenire schiavi della ricchezza. L'espressione è citata oggi, oltre che con questo valore, anche per dire che non si vuole scendere a compromessi.

RELIGIONE

Neque mittatis margaritas vestras ante porcos.
Non gettate le vostre perle ai porci.
(NUOVO TESTAMENTO, *Vangelo di Matteo*, 7,6)

Il versetto intende esortare a non rendere partecipe del sacro chi non lo sa apprezzare. Oggi è citato per invitare a non sprecare le proprie qualità in ambienti o con persone che non possano apprezzarle.

Nesciat sinistra tua quid faciat dextera.
Non sappia la tua sinistra ciò che fa la tua destra.
(NUOVO TESTAMENTO, *Vangelo di Matteo*, 6,3)

Il versetto esprime l'invito a donare senza cercare una lode imme-diata. Esso è inoltre citato come semplice invito a mantenere un comportamento riservato.

Nisi inter omnes possibiles mundos optimum esset, Deus nullum produxisset.
Se non fosse stato il migliore dei mondi possibili,
Dio non lo avrebbe generato.
(LEIBNIZ, *Theodicea*, 1,8)

Esprime l'ottimismo della concezione leibniziana di Dio e del mondo.

Nolite iudicare ut non iudicemini.
Non giudicate per non essere giudicati.
(NUOVO TESTAMENTO, *Vangelo di Matteo*, 7,1)

Cristo ammonisce i Farisei esortandoli a non giudicare basandosi sul fatto in sé, ma a cercare di comprendere le motivazioni che hanno portato una persona ad agire in una determinata maniera, poiché solo Dio può giudicare l'animo umano. La frase viene oggi usata come invito alla comprensione.

Non est bonum esse hominem solum.
Non è bene che l'uomo sia solo.
(ANTICO TESTAMENTO, *Genesi*, 2,18)

Sono le parole pronunciate da Dio al momento della creazione di Eva e vengono oggi citate a proposito di matrimoni.

Non in solo pane vivit homo.
Non di solo pane vive l'uomo.
(NUOVO TESTAMENTO, *Vangelo di Matteo*, 4,4; *Vangelo di Luca* 4,4)

L'espressione è molto nota e invita a non occuparsi eccessivamente dei beni materiali, ma a cercare il nutrimento spirituale.

Non quod intrat in os, coinquinat hominem, sed quod procedit ex ore, hoc coinquinat hominem.
Non quello che entra nella bocca rende impuro l'uomo,
ma quello che esce dalla sua bocca rende impuro l'uomo.
(NUOVO TESTAMENTO, *Vangelo di Matteo*, 15,11)

Cristo si rivolge ai Farisei che criticano i suoi discepoli perché non si lavano le mani prima di mangiare. Non è dunque importante quel che si mangia ma piuttosto quel che si dice.

Non resistere malo sed si quis te percusserit in dexteram maxillam tuam, praebe illi et alteram.
Non opporti al malvagio: anzi se uno ti percuote la guancia
destra tu porgigli anche l'altra.
(NUOVO TESTAMENTO, *Vangelo di Matteo*, 5,39)

Il passo esprime la radicale innovazione della legge dell'amore rispetto alla legge antica dell'occhio per occhio, dente per dente.

Non vos elegistis me, sed ego elegi vos.
Non voi avete scelto me, ma io ho scelto voi.
(NUOVO TESTAMENTO, *Vangelo di Giovanni*, 15,16)

Sono le parole pronunciate da Cristo al momento di inviare i discepoli nel mondo.

Nudus egressus sum de utero matris meae et nudus revertar illuc.
Nudo sono uscito dal grembo di mia madre e nudo vi farò
ritorno.
(ANTICO TESTAMENTO, *Giobbe*, 1,21)

L'espressione descrive la situazione dell'uomo completamente privo di mezzi di fronte a Dio.

Obedire oportet Deo magis quam hominibus.
Bisogna obbedire a Dio piuttosto che agli uomini.
(Nuovo Testamento, *Atti degli Apostoli*, 5,29)

Invito a seguire i precetti del Signore incondizionatamente.

Omnia munda mundis.
Tutto è puro per i puri.
(Nuovo Testamento, S. Paolo, *Lettera a Tito*, 1,15)

Il detto è oggi citato per criticare il moralismo che guarda all'apparenza rispetto alla moralità che viene dalla purezza di cuore.

Omnia quae de terra sunt, in terram convertentur.
Tutto ciò che viene dalla terra ritornerà terra.
(Antico Testamento, *Siracide*, 40,11)

Il versetto riprende il tema, ricorrente nei testi sacri, del ritornare terra e polvere dopo la morte.

Omnis potestas e Deo.
Ogni autorità viene da Dio.
(Nuovo Testamento, S. Paolo, *Lettera ai Romani*, 13,1)

Con queste parole S. Paolo invita a rispettare l'autorità costituita, in quanto proveniente da Dio.

Os habent et non loquentur; oculos habent et non videbunt; aures habent et non audient.
Hanno bocca e non parlano; hanno occhi e non vedono; hanno orecchie e non odono.
(Antico Testamento, *Salmi*, 135,16)

Il versetto contrappone gli idoli muti, ciechi e sordi al Dio di Israele che parla al suo popolo. Esso è oggi citato nei confronti di persone indifferenti a quanto accade loro intorno.

Pecca fortiter, sed fortius fide et gaude in Christo.
Pecca fortemente, ma ancor più fortemente confida e gioisci in Cristo.

In questo famoso passo di una lettera a Melantone, Lutero afferma che l'unica possibilità per l'uomo, inevitabilmente peccatore, è affidarsi alla fede in Cristo.

Pecunia tua tecum sit.
Tieniti il tuo denaro.
(NUOVO TESTAMENTO, *Atti degli Apostoli*, 8,20)

È la risposta di Pietro a Simon Mago che gli offriva denaro per ricevere lo Spirito Santo. Il detto può essere rivolto a persone che offrono soldi indegnamente.

Portae inferi non praevalebunt adversus eam.
Le porte dell'inferno non prevarranno contro di lei.
(NUOVO TESTAMENTO, *Vangelo di Matteo*, 16,18)

Sono le parole con cui Gesù pone Pietro a capo della Chiesa. La formula è usata oggi, soprattutto nella forma abbreviata *non praevalebunt*, sia per indicare che i miscredenti non riusciranno ad abbattere la fede in Dio, sia, in senso più generale, per dire che i nemici o il male non avranno il sopravvento.

Pulsate et aperietur vobis.
Bussate e vi sarà aperto.
(NUOVO TESTAMENTO, *Vangelo di Matteo*, 7,7)

Il detto evangelico è entrato nell'uso comune come esortazione a non desistere nelle richieste quando si ha bisogno di qualcosa.

Quem diligit Dominus castigat.
Il Signore corregge colui che ama.
(NUOVO TESTAMENTO, S. PAOLO, *Lettera agli Ebrei*, 12,6)

L'espressione è citata da molti come giustificazione di sventure o eventi tristi che capitano all'uomo, che non sono considerati come castigo, ma come strumento di riscatto.

Quid est veritas?
Cos'è la verità?
(NUOVO TESTAMENTO, *Vangelo di Giovanni*, 18,38)

Con queste parole Pilato risponde all'affermazione di Gesù di essere venuto a testimoniare la verità. Oggi vengono citate soprattutto per esprimere una concezione scettica e relativistica, per la quale non esiste nessuna verità assoluta.

Qui solem suum oriri facit super bonos et malos.
Che fa sorgere il suo sole sui buoni e sui cattivi.
(Nuovo Testamento, *Vangelo di Matteo*, 5,45)

Come Dio fa sorgere il sole per tutti, così l'uomo dovrebbe amare tutti, anche i propri nemici.

Quod Deus coniunxit homo non separet.
L'uomo non separi ciò che Dio ha unito.
(Nuovo Testamento, *Vangelo di Matteo*, 19,6)

Formula molto famosa e citata tuttora nella liturgia cattolica a indicare l'indissolubilità del matrimonio.

Quod faces fac citius.
Quello che stai per fare fallo presto.
(Nuovo Testamento, *Vangelo di Giovanni*, 13,27)

Sono le parole che Gesù dice a Giuda venuto per tradirlo; esse sono citate oggi come esortazione a non indugiare nel fare le cose.

Quod scripsi scripsi.
Ciò che ho scritto ho scritto.
(Nuovo Testamento, *Vangelo di Giovanni*, 19,22)

Risposta data da Pilato ai giudici che lo esortavano a cancellare l'iscrizione apposta sulla croce di Cristo. Si usa per significare che non si intende tornare indietro e che ciò che si è fatto va bene così.

Quod supra nos nihil ad nos.
Ciò che è sopra di noi non ha nulla a che fare con noi.
(Minucio Felice, *Octavius*, 13,1; Lattanzio, *Divinae institutiones*, 3,20,10)

Si tratterebbe della risposta di Socrate a chi lo interrogava riguardo alla divinità. Il detto è oggi pronunciato da atei o agnostici per esprimere la loro indifferenza nei confronti del mondo spirituale.

Quod tibi fieri nolueris alteri ne feceris.
Non fare agli altri ciò che non vuoi sia fatto a te.
(S. GIROLAMO, *Epistole*, 121,8)

Il detto è famoso in quanto compare, in forma positiva, nei Vangeli (*Matteo*, 7,12; *Luca*, 6,31), ma deriva in realtà da una norma etica diffusa già prima del cristianesimo sia nella cultura ebraica sia in quella greca.

Quos vult perdere Iuppiter (Deus) dementat prius.
Giove (Dio) toglie prima il senno a coloro che vuol mandare in rovina.

Il motto è di origine ignota ma viene citato spesso riferendosi a persone che dicono delle cose o fanno delle scelte che appaiono dissennate a chi esamini la realtà con un po' di buon senso e di raziocinio.

Remittuntur ei peccata multa, quoniam dilexit multum.
Le sono perdonati i peccati perché ha amato molto.
(NUOVO TESTAMENTO, *Vangelo di Luca*, 7,47)

Il versetto significa che la condizione per ricevere il perdono non è tanto l'espiazione del peccato quanto l'amore e la fede.

Sinite parvulos venire ad me.
Lasciate che i bambini vengano a me.
(NUOVO TESTAMENTO, *Vangelo di Marco*, 10,14)

Gesù afferma, infatti, che soltanto chi ha il cuore puro dei bambini potrà entrare nel regno dei cieli.

Si possibile est transeat a me calix iste.
Se è possibile si allontani da me questo calice.
(NUOVO TESTAMENTO, *Vangelo di Matteo*, 26,39)

Sono le famose parole di Gesù nell'orto degli ulivi e possono essere tuttora usate quando si deve affrontare una situazione difficile, ma si vorrebbe poterla evitare.

Spiritus quidem promptus est, caro autem infirma.
Lo spirito è pronto, ma la carne è debole.
(NUOVO TESTAMENTO, *Vangelo di Matteo*, 26,41)

Con queste parole Gesù invita i discepoli a vegliare per non cadere in tentazione. Il detto è oggi spesso pronunciato come giustificazione quando si cede alle tentazioni.

Tantum religio potuit suadere malorum!
A tanti mali poté condurre la superstizione religiosa!
(LUCREZIO, *De rerum natura*, 1,101)

Il verso si riferisce al sacrificio di Ifigenia ed è spesso citato per indicare la religione, o meglio, la superstizione religiosa, come fonte di oscurantismo e ottenebramento delle coscienze.

Tu es Petro et super hanc petram
aedificabo ecclesiam meam.
Tu sei Pietro e su questa pietra edificherò la mia chiesa.
(NUOVO TESTAMENTO, *Vangelo di Matteo*, 16,18)

Parole famosissime con le quali Cristo istituisce la Chiesa. È da notare inoltre che il bisticcio di parole Pietro-pietra compare sia nel testo greco sia nell'originale aramaico.

Vanitas vanitatum et omnia vanitas.
Vanità delle vanità e tutto è vanità.
(ANTICO TESTAMENTO, *Ecclesiaste*, 1,2)

L'espressione biblica deriva da un concetto tipico della cultura mesopotamica che esprime l'inutilità di ogni azione umana. Il detto è oggi citato per indicare la vanità dell'esistenza umana.

Vox sanguinis... clamat ad me de terra.
La voce del sangue (di tuo fratello) grida a me dalla terra.
(ANTICO TESTAMENTO, *Genesi*, 4,10)

Con queste parole Dio rimprovera Caino, poi lo maledice, per aver ucciso il fratello.

TEMPO E FUGACITÀ DELLA VITA

Acta est fabula.
Lo spettacolo è finito.

Secondo la tradizione sarebbero le parole pronunciate dall'imperatore Augusto sul letto di morte e sono oggi citate per indicare la conclusione definitiva di un evento.

Animula, vagula, blandula, / hospes, comesque corporis / quae nunc abibis in loca / pallidula, rigida, nudula / nec, ut soles, dabis iocos.
O piccola anima errabonda scherzosa, / ospite e compagna del corpo / che ora andrai in luoghi / incolori, aspri e spogli, / ove non avrai più gli svaghi consueti.
(Elio Sparziano, *Historia Augusta*, *De vita Adriani*, 25,9)

L'imperatore Adriano morente si rivolge teneramente alla propria anima e le ricorda che dovrà attraversare luoghi freddi e bui, dove non potrà più ridere e scherzare. Una mesta considerazione sulla fragilità dell'umano destino.

Carpe diem quam minimum credula postero.
Profitta dell'oggi e non fare alcun assegnamento sul domani.
(Orazio, *Odi*, 1,11,8)

Frase celeberrima con la quale Orazio esprime la consapevolezza che il tempo scorre via e l'ora che fugge non tornerà indietro.

Contra vim mortis non est medicamen in hortis.
Contro la potenza della morte non vi è medicina negli orti.
(Scuola salernitana, 60,179)

Motto in uso nel linguaggio comune per dire che nulla può sconfiggere la morte.

Cotidie est deterior posterior dies.
Ogni giorno l'oggi è peggiore di ieri.
(Publilio Siro, *Sententiae*, C 19)

Espressione un po' pessimista che guarda con nostalgia al passato e lo considera migliore del presente.

Cotidie morimur: cotidie enim demitur aliqua pars vitae et tunc quoque, cum crescimus, vita decrescit.
Ogni giorno moriamo, ogni giorno muore una parte della vita e anche crescendo la vita diminuisce.
(Seneca, *Epistulae morales ad Lucilium*, 24,20)

Concetto che, per la sua lunghezza e il suo spessore, è adatto a conversazioni o scritti dotti a carattere filosofico.

Cras credo, hodie nihil.
Domani faccio credito, oggi no.
(Varrone, *Satire menippee*, fr. 78/79)

Espressione usata oggi nel linguaggio comune per indicare qualcosa che si continua sempre a posticipare.

Debemur morti nos nostraque.
Noi e le nostre cose siamo votati alla morte.
(Orazio, *Ars poetica*, 63)

Passo che riprende un antico topos della morte come debito ed è usato oggi semplicemente a significare che tutti dobbiamo morire.

Deliberando saepe perit occasio.
Mentre si pensa spesso sfuma l'occasione.
(Publilio Siro, *Sententiae*, D 18)

Ovvero le occasioni vanno colte al volo, senza pensarci troppo.

Edamus, bibamus, gaudeamus, post mortem nulla voluptas.
Mangiamo, beviamo, godiamo, dopo la morte non vi è nessun piacere.

Si tratta forse della traduzione dell'epigrafe che compariva sulla tomba di Sardanapalo, re assiro dedito al lusso e ai piaceri.

Et mundus transit et concupiscentia eius.
E il mondo passa e così la sua concupiscenza.
(NUOVO TESTAMENTO, *Lettera prima di Giovanni*, 2,17)

Espressione usata per indicare la caducità e la vanità delle cose mondane.

Eunt anni more fluentis aquae.
Gli anni se ne vanno come l'acqua che scorre.
(OVIDIO, *Ars amatoria*, 3,62)

Variazione sul tema della fugacità della vita.

Ferrum rubigo consumit.
La ruggine corrode il ferro.
(CURZIO RUFO, *Historiae Alexandri Magni*, 7,8,15)

L'immagine indica che anche ciò che vi è di più forte può essere corroso.

Florem decoris singuli carpunt dies.
Ogni giorno che passa rapisce un fiore alla bellezza.
(SENECA, *Octavia*, v. 550)

L'espressione descrive con un'immagine molto poetica ed elegante lo sfiorire della bellezza ed è quindi adatta soprattutto a un ambito dotto.

Forma bonum fragile est.
La bellezza è un bene fragile.
(OVIDIO, *Ars amatoria*, 2,113)

Espressione che si presta per esprimere in forma semplice e concisa la caducità della bellezza.

Fugit inreparabile tempus.
Il tempo fugge irreparabilmente.
(VIRGILIO, *Georgiche*, 3,284)

L'espressione si riferisce al contadino che, preso dai suoi lavori, non si accorge dello scorrere del tempo e viene spesso citata per indicare la transitorietà della vita e delle cose.

Gaudeamus igitur iuvenes dum sumus.
Godiamo dunque finché siamo giovani.

È l'inizio di un canto goliardico che invita a godere della giovinezza e si ricollega al tema del *carpe diem* (vedi *Carpe diem quam minimum credula postero*).

Gutta cavat lapidem.
La goccia scava la pietra.
(OVIDIO, *Epistulae ex Ponto*, 4,10,5)

Il detto si riferisce a cose o eventi il cui effetto è lento e sicuro, ma visibile soltanto nel tempo.

Incertum est quando, certum est aliquando mori.
È incerto quando, ma è certo che a un dato momento si muore.
(DETTO MEDIEVALE)

È il solito motivo dell'ineluttabilità della morte.

Labitur occulte fallitque volubilis aetas.
Scivola di nascosto e fugge il tempo che vola.
(OVIDIO, *Amores*, 1,8,49)

L'espressione riprende il tema del tempo che fugge e può essere citata in forma di esclamazione.

Laudator temporis acti.
Lodatore del tempo passato.
(ORAZIO, *Ars poetica*, 173)

Tale espressione è oggi citata non solo a proposito di un vecchio nostalgico dei tempi passati, ma anche in riferimento a coloro che vivono di rimpianti e non gustano così le gioie del presente.

Longius aut propius mors sua quemque manet.
Più lontana o più vicina la sua morte aspetta ciascuno.
(PROPERZIO, *Elegie*, 2,28c,12)

Solenne definizione dell'ineluttabilità della morte.

Maneat nostros ea cura nepotes.
Resti tale cura ai nostri nipoti.
(VIRGILIO, *Eneide*, 3,505)

Espressione citata per dire che di una cosa lunga o delle sue conseguenze si occuperanno le generazioni future.

Medicus nihil aliud est quam animi consolatio.
Il medico non è che la consolazione dell'anima.
(PETRONIO, *Satyricon*, 42,5)

Nulla può contro il più grande dei mali, ossia la morte.

Mihi heri et tibi hodie.
Ieri a me e oggi a te.
(ANTICO TESTAMENTO, *Siracide*, 38,22)

Queste parole nel testo biblico sono rivolte da un defunto a chi è sopravvissuto. Il tema è dunque quello dell'ineluttabilità della morte e della necessità di rassegnarvisi.

Mors cuivis certa, nihil est incertius hora.
La morte è per tutti certa, ma nulla è più incerto della sua ora.
(PROVERBIO MEDIEVALE)

Espressione che riprende il tema dell'ineluttabilità della morte e del suo giungere inaspettata.

Mors et fugacem persequitur virum.
La morte raggiunge anche l'uomo che fugge.
(ORAZIO, *Odi*, 3,2,14)

In questa ode Orazio intendeva affermare che in battaglia tanto il codardo quanto il coraggioso corrono il medesimo pericolo. L'espressione è usata oggi più genericamente per dire che alla morte non si può sfuggire.

Mors non curat munera.
La morte non si cura dei doni.
(PROVERBIO MEDIEVALE)

Il detto indica l'assoluta inflessibilità della morte.

Mors ultima linea rerum est.
La morte è l'estremo limite delle cose.
(ORAZIO, *Epistole*, 1,16,79)

In quanto, secondo una certa linea di pensiero, con essa tutto finisce.

Nascentes morimur, finisque ab origine pendet.
Nascendo moriamo e la fine dipende dal principio.
(MANILIO, *Astronomica*, 4,16)

L'espressione costituisce una variazione sul tema della nascita come momento in cui si inizia a morire.

Nascimur uno modo, multis morimur.
Nasciamo in un solo modo, ma moriamo in molti.
(SENECA IL RETORE, *Controversiae*, 7,1,9)

Frase che sintetizza in maniera concisa la complessità della vita.

Nec quae praeteriit hora redire potest.
L'ora passata non può tornare.
(OVIDIO, *Ars amatoria*, 3,64)

Dato che il tempo passato non può tornare indietro, l'espressione invita a cogliere, quando è possibile, le gioie e i momenti lieti della giovinezza.

Nemo... est tam senex qui se annum non putet posse vivere.
Nessuno è tanto vecchio da non pensare di poter vivere ancora un anno.
(CICERONE, *Cato Maior de Senectute*, 7,24)

Fine osservazione psicologica sulla tendenza degli uomini a esorcizzare la realtà inevitabile della morte.

Nescis quid vesper serus vehat.
Non sai che cosa porti la sera inoltrata.
(VARRONE, *Satire menippee*, 218 B)

Bella immagine poetica che riprende il motivo dell'incertezza del futuro e della condizione umana.

Nil perpetuum, pauca diuturna sunt.
Nulla è perpetuo, poche cose durano a lungo.
(SENECA, *Ad Polybium de consolatione*, 1)

La frase è, dunque, un implicito invito a godere delle cose che si possiedono e delle gioie nel momento in cui arrivano.

Nos quoque floruimus sed flos erat ille caducus.
Anche noi fiorimmo un giorno, ma quel fiore era destinato ad appassire.
(OVIDIO, *Tristia*, 5,8,19)

Tale immagine della fugacità della vita è molto bella e poetica ed è, quindi, adatta a un ambito dotto.

Nox est perpetua una dormienda.
Dobbiamo dormire una sola eterna notte.
(CATULLO, *Carmina*, 5,6)

Catullo ci offre una suggestiva e poetica immagine della morte.

Nulli est homini perpetuum bonum.
Nessun uomo può avere un bene perpetuo.
(PLAUTO, *Curculio*, v. 189)

Espressione citabile nel linguaggio comune per esprimere la caducità dei beni e delle gioie.

Numquam est ille miser cui facile est mori.
Mai può dirsi infelice colui al quale è facile morire.
(SENECA, *Hercules Oetaeus*, v. 8)

Dobbiamo ricordare che Seneca si tagliò le vene nel bagno. La massima non è comunque da intendersi come elogio del suicidio, ma come invito ad affrontare la morte senza paura.

Occasio aegre offertur, facile amittitur.
L'occasione è difficile che si offra ed è facile che si perda.
(Publilio Siro, *Sententiae*, O 31)

Il detto riprende il motivo del saper cogliere l'occasione quando essa si presenta.

Omnem crede diem tibi diluxisse supremum.
Fa' come se ogni giorno sia stato l'ultimo a splendere per te.
(Orazio, *Epistole*, 1,4,13)

Il detto significa che bisogna vivere intensamente e godere di ogni giorno perché non si sa quando sarà l'ultimo.

Omnes una manet nox.
A noi tutti rimane una sola notte.
(Orazio, *Odi*, 1,28,15)

Espressione giocata sul contrasto *omnes-una,* divenuta proverbiale a indicare l'ineluttabilità della morte.

Omnia... quae nunc vetustissima creduntur nova fuere.
Tutte le cose che ora crediamo antichissime
un tempo furono nuove.
(Tacito, *Annales*, 11,24)

È la constatazione dell'inesorabile scorrere del tempo.

Pallida mors aequo pulsat pede pauperum tabernas / regumque turres.
La pallida morte bussa allo stesso modo ai tuguri dei poveri
e ai palazzi dei re.
(Orazio, *Odi*, 1,4,13-14)

Il concetto della morte come pareggiatrice di ogni disuguaglianza è ricorrente in tutta la poesia latina.

Pelle moras; brevis est magni fortuna favoris.
Rompi gli indugi; poco dura il grande favore della fortuna.
(Silio Italico, *Punica*, 4,732)

È un invito a cogliere l'occasione nel momento in cui si presenta.

Quod tu es ego fui, quod ego sum tu eris.
Quel che tu sei anch'io lo fui, quel che io sono anche tu lo sarai.

Si tratta di un'iscrizione di Fano (CIL 11,6243) che allude all'ineluttabilità della morte e ammonisce chi gode delle disgrazie altrui.

Senectus enim insanabilis morbus est.
La vecchiaia è una malattia inguaribile.
(Seneca, *Epistulae morales ad Lucilium*, 108,28)

L'espressione riprende il tema, assai diffuso, della vecchiaia come malattia.

Serius aut citius sedem properamus ad unam.
Presto o tardi ci affrettiamo tutti verso un solo luogo.
(Ovidio, *Metamorfosi*, 10,34)

Ovvero tutte le strade che gli uomini s'affannano a percorrere portano all'altro mondo.

Sic transit gloria mundi.
Così passa la gloria del mondo.

Il detto deriva dal cerimoniale dell'incoronazione del papa ed è spesso citato nel linguaggio comune, soprattutto a proposito di persone un tempo grandi e famose, cadute poi in miseria o dimenticate.

Sine ut mortui sepeliant mortuos suos.
Lascia che i morti seppelliscano i loro morti.
(Nuovo Testamento, *Vangelo di Luca*, 9,60)

Il versetto è oggi citato come esortazione a non curarsi delle cose passate e ad agire senza indugi per una buona causa.

Stat sua cuique dies.
Per ciascuno è fissato il suo giorno.
(Virgilio, *Eneide*, 10,467)

Per ognuno è fissato il giorno della morte e non c'è forza che possa contrastare questo destino.

Tempora labuntur, tacitisque senescimus annis.
Il tempo scorre, e noi invecchiamo in anni che scivolano via silenziosi.
(OVIDIO, *Fasti*, 6,771)

Espressione molto poetica sul lento e inesorabile scorrere del tempo.

Tempus edax igitur praeter nos omnia perdit.
Il tempo vorace oltre a noi distrugge ogni cosa.
(OVIDIO, *Epistulae ex Ponto*, 4,10,7)

Immagine molto dura dell'inesorabilità del tempo.

Totam mihi vitam nihil videri aliud quam leve somnium fugacissimumque phantasma.
Tutta la vita mi sembra nient'altro che un sogno leggero e un fugacissimo fantasma.
(PETRARCA, *Epistolae de rebus familiaribus*, 2,9)

Immagine poetica che si ricollega all'antico motivo secondo cui la vita non è che un breve sogno.

Veritas filia temporis.
La verità (è) figlia del tempo.
(AULO GELLIO, *Noctes Atticae*, 12,11,7)

Espressione famosa per indicare che la verità viene rivelata dal tempo.

Vita brevis, ars longa, occasio praeceps, experimentum periculosum, iudicium difficilem.
La vita è breve, l'arte è lunga, l'occasione fuggevole, l'esperimento pericoloso, il giudizio difficile.
(IPPOCRATE)

Si tratta di un condensato di saggezza morale che invita alla prudenza e alla moderazione, ma allo stesso tempo a cogliere l'occasione e a darsi da fare perché la vita è breve.

LE CITAZIONI

LA DONNA

Aut amat aut odit mulier: nil est tertium.
La donna o ama o odia, non c'è una terza possibilità.
(Publilio Siro, *Sententiae*, A 6)

Si tratta di una banalizzazione della locuzione *tertium non datur* (vedi glossario) usata per definire, naturalmente in chiave negativa, i sentimenti femminili.

Casta est quam nemo rogavit.
È casta colei che nessuno ha richiesto.
(Ovidio, *Amores*, 1,8,43)

Sentenza piuttosto negativa nei confronti delle donne, secondo un modo di pensare ancor oggi diffuso tra i maschi.

Crede ratem ventis, animam ne crede puellis.
Affida la nave ai venti, ma non il cuore alle fanciulle.
(*De mulierum levitate*, 1)

Verso di un epigramma, attribuito talora a Petronio, talora a Quinto Cicerone, sulla superficialità e instabilità dell'animo femminile.

Cultus muliebris non exornat corpus.
Le ricercatezze femminili non ornano il corpo.
(Quintiliano, *Institutiones oratoriae*, 8,20)

Sentenza che stigmatizza gli espedienti femminili per apparire più belle e giovani.

Didicere flere feminae in mendacium.
Le donne hanno imparato a piangere per mentire.
(PUBLILIO SIRO, *Sententiae*, D 8)

Espressione piuttosto cattiva sulla falsità delle donne, altro esempio della diffusa misoginia del mondo classico.

Est quasi grande forum vox alta trium mulierum.
È quasi un grande mercato la voce alta di tre donne.
(PROVERBIO MEDIEVALE)

Detto citabile a proposito della tradizionale fama delle donne come pettegole e chiacchierone.

Femina mobilior ventis.
La donna è più variabile dei venti.
(CALPURNIO SICULO, *Egloghe*, 3,10)

Verso famosissimo ripreso anche nel *Rigoletto* di Verdi ("La donna è mobile / qual piuma al vento").

Fugit ad salices et se cupit ante videri.
Fugge verso i salici, ma prima desidera esser vista.
(VIRGILIO, *Bucoliche*, 3,65)

I versi si riferiscono alle astuzie seduttrici delle donne che si fingono schive, ma che in realtà desiderano essere ammirate.

Ille lavet lateres qui custodit mulieres.
Laverà mattoni chi fa la guardia alle donne.
(PROVERBIO MEDIEVALE)

L'espressione *laterem lavare* era diffusa nella latinità per indicare un'azione assurda e improduttiva. Il proverbio significa, dunque, che è impossibile tenere a freno le donne.

Intolerabilius nihil est quam femina dives.
Nulla è più insopportabile di una donna ricca.
(GIOVENALE, *Satire*, 6,460)

Poiché viziata e capricciosa. L'espressione va naturalmente citata in tono scherzoso, altrimenti potrebbe suonare come offesa.

Mulier cum sola cogitat, male cogitat.
La donna quando pensa da sola, pensa male.
(Publilio Siro, *Sententiae*, M 27)

Il proverbio è indicativo della considerazione e della stima di cui godevano un tempo le donne.

Mulierem ornat silentium.
Bell'ornamento della donna è il silenzio.
(Servio, *Commento all'Eneide*, 1,561)

Il silenzio è una qualità sempre lodata dai latini come contrario del parlare a sproposito e come indice di saggezza e, tanto più, si conviene alle donne.

Mulier recte olet, ubi nihil olet.
Profuma bene quella donna che non ha profumo.
(Plauto, *Mostellaria*, v. 273)

Il verso loda la donna acqua e sapone, che non fa uso di cosmetici per apparire più bella.

Nec mulieri nec gremio credi oportere.
Non si deve affidare nulla né alla donna né al grembo.
(Festo, *Breviarium rerum gestarum populi romani*, 168,29-32)

Ancora un'espressione negativa sull'affidabilità delle donne. Si ricordi che le cose poste in grembo rischiano di cadere.

Quis ferat uxorem cui constant omnia?
Chi sopporterà una donna che abbia tutte le perfezioni?
(Giovenale, *Satire*, 6,166)

Espressione adatta a chiacchiere (maschiliste) tra maschi.

Spectatum veniunt, veniunt spectentur ut ipsae.
Vengono per ammirare e per essere loro stesse ammirate.
(Ovidio, *Ars amatoria*, 1,99)

Ovidio si riferisce alle donne che vanno a teatro più per farsi ammirare che per vedere lo spettacolo.

LA FRAGILITÀ UMANA

Cereus in vitium flecti.
Facile come la cera a volgere verso il vizio.
(ORAZIO, *Ars poetica*, 163)

L'espressione indica una persona facilmente influenzabile in senso negativo.

Corrumpunt mores bonos colloquia mala.
Le cattive compagnie corrompono i buoni costumi.
(NUOVO TESTAMENTO, S. PAOLO, *Lettera prima ai Corinzi*, 15,33)

Espressione citabile come invito ai giovani a non frequentare le cattive compagnie.

Hominem etiam frugi flectit saepe occasio.
Spesso l'occasione piega anche l'uomo perbene.
(PUBLILIO SIRO, *Sententiae*, H 26)

Sentenza che nasce da un'esperienza comune a ogni epoca, oggi espressa dal detto "l'occasione fa l'uomo ladro".

Homines sumus, non dei.
Siamo uomini, non dei.
(PETRONIO, *Satyricon*, 75)

Espressione indicante i limiti della natura umana, incline al peccato e all'errore. Può essere citata quando si vuole esprimere che non si è infallibili.

Homo levior / quam pluma.
Uomo più leggero di una piuma.
(PLAUTO, *Menaechmi*, vv. 487-488)

L'espressione indica una persona scarsamente affidabile.

Homo sacra res homini.
L'uomo deve essere sacro all'uomo.
(SENECA, *Epistulae morales ad Lucilium*, 95,33)

Il detto esprime un principio fondamentale che sancisce il rispetto di tutti gli altri esseri umani.

Homo sum: humani nihil a me alienum puto.
Sono un uomo: nulla di ciò che è umano ritengo a me estraneo.
(TERENZIO, *Heautontimorumenos*, v. 77)

Il significato dell'espressione, famosa ancor oggi, è che un uomo non può non preoccuparsi di ciò che accade agli altri e non essere solidale con loro.

Immutant mores hominis cum dantur honores.
Cambiano i costumi degli uomini quando vengono loro conferiti degli onori.
(SENTENZA MEDIEVALE)

Sentenza citabile a proposito dell'effetto corruttore del potere.

Lupus est homo homini, non homo.
L'uomo è per l'uomo lupo, non uomo.
(PLAUTO, *Asinaria*, v. 495)

L'espressione, più nota come *Homo homini lupus,* è stata ripresa dal filosofo Thomas Hobbes per significare che, nonostante la civiltà e il progresso, nell'uomo è sempre presente l'istinto ferino dello stato di natura.

Malos faciunt malorum falsa contubernia.
Le compagnie ingannatrici dei cattivi rendono cattivi.
(FLORO, *Carmina*, 6)

Equivale al nostro "Chi va con lo zoppo impara a zoppicare".

Minime vero veritati praeferendus est vir.
Per nessun motivo si deve preferire un uomo alla verità.
(LUTERO, *De servo arbitrio*, 18,610)

Variazione sul tema dell'importanza della verità al di sopra di tutto.

Non nobis solum nati sumus.
Non siamo nati soltanto per noi.
(CICERONE, *De officiis*, 1,22)

Il detto si presta a essere citato come scherzoso ammonimento nei confronti di persone che pensano solo a se stesse.

Non omnia possumus omnes.
Non tutti possiamo fare tutto.
(VIRGILIO, *Bucoliche*, 8,63)

Il detto sottolinea i limiti della natura umana e asserisce implicitamente che ognuno deve agire secondo le proprie capacità.

Odio humani generis.
Per odio del genere umano.
(TACITO, *Annales*, 15,44)

Era questa l'accusa con cui molti cristiani venivano perseguitati, ossia per la loro assenza alle feste e ai culti pubblici e per la loro vita riservata all'interno delle comunità.

Omnia... homini, dum vivit, speranda sunt.
Finché è in vita l'uomo deve sperare tutto.
(SENECA, *Epistulae morales ad Lucilium*, 70,6)

È la risposta di un uomo imprigionato da un tiranno a chi gli consiglia di rifiutare il cibo che gli viene gettato come a una bestia.

Omnis homo mendax.
Ogni uomo è bugiardo.
(ANTICO TESTAMENTO, *Salmi*, 116,11)

Il salmo indica che la Verità è soltanto Dio. Il versetto è oggi citato, invece, per significare che nulla è più comune della menzogna.

Progredimur quo ducit quemque voluptas.
Avanziamo dove il piacere guida ciascuno di noi.
(Lucrezio, *De rerum natura*, 2,258)

L'espressione può essere usata per dire che ognuno tende a seguire le proprie inclinazioni e a realizzare i propri desideri.

Proximus sum egomet mihi.
Io sono il prossimo di me stesso.
(Terenzio, *Andria*, v. 636)

Il detto è un invito a pensare a se stessi.

Quis amicior quam frater fratri?
Chi è più amico del fratello per il fratello?
(Sallustio, *Bellum Iugurthinum*, 10,5)

La domanda esprime lo stretto vincolo affettivo che generalmente lega i fratelli.

Quot homines tot sententiae.
Quanti sono gli uomini, altrettante le opinioni.
(Terenzio, *Phormio*, v. 454)

Il detto è spesso citato per indicare la varietà delle opinioni umane ed è quindi un implicito invito alla tolleranza.

VIZI E VIRTÙ

Ad primos ictus non corruit ardua quercus.
La forte quercia non cade ai primi colpi.
(SENTENZA MEDIEVALE)

Espressione citabile a proposito di persone dal carattere forte che difficilmente si lasciano scalfire dalle avversità.

Aequalitas haud parit bellum.
L'uguaglianza non produce guerra.
(ERASMO, *Adagia*, 4,2,96)

Poiché tra uguali non si generano avidità e competizione.

Aetate prudentiores sumus.
Con l'età diventiamo più saggi.
(PROVERBIO MEDIEVALE)

Formula utilizzabile in qualsiasi contesto ove emergano l'importanza dell'esperienza e del buonsenso, qualità tipiche delle persone non più giovanissime.

Aliena vitia in oculis habemus, a tergo nostra sunt.
I vizi degli altri li abbiamo innanzi agli occhi, i nostri dietro le spalle.
(SENECA, *De ira*, 2,28,8)

Seneca si riferisce a una favola di Esopo secondo la quale l'uomo porta sulle spalle una bisaccia con i suoi difetti e davanti una con quelli degli altri.

Arbore deiecta, quivis ligna colligit.
Caduto l'albero ognuno corre a far legna.
(ERASMO, *Adagia*, 3,1,86)

L'espressione si riferisce a quelle persone che non esitano ad approfittare dei momenti di debolezza altrui.

Architectum architecto invidere et poetam poetae.
L'architetto invidia l'architetto, il poeta il poeta.
(DONATO, *Vita di Virgilio*, 18,76)

Il detto, che Donato attribuisce a Esiodo, indica le rivalità che inevitabilmente sorgono tra coloro che compiono lo stesso lavoro.

Aut non rem temptes aut perfice.
O una cosa non la inizi nemmeno oppure devi portarla a termine.
(OVIDIO, *Ars amatoria*, 1,389)

Invito alla coerenza e alla determinazione nell'agire.

Beneficiorum memoria labilis est, iniuriarum vero tenax.
Il ricordo dei benefici è labile, quello dei torti persistente.
(NICOLA DA CHIARAVALLE, *Epistole*, 11)

Il detto si riferisce alle persone ingrate e permalose.

Bis dat qui dat celeriter.
Dà due volte chi dà prontamente.

Frammento di una sentenza di Publilio Siro, secondo la quale il dare prontamente procura un duplice beneficio a chi è bisognoso.

Bonis nocet si quis malis pepercerit.
Nuoce ai buoni chi risparmia i cattivi.
(RIBBECK, *Appendix sententiarum*, 205)

Perché i cattivi continueranno a perseverare nelle loro malvagità.

Cedere maiori virtutis fama secunda est.
Cedere di fronte al più forte è il secondo grado del valore.
(MARZIALE, *De spectaculis*, 32,1)

Motto usato per indicare il proprio rispetto nei confronti di un avversario o concorrente che si riconosce più meritevole.

Certa amittimus dum incerta petimus.
Perdiamo ciò che è sicuro mentre cerchiamo ciò che è incerto.
(PLAUTO, *Pseudolus*, v. 685)

Espressione di grande saggezza che può essere citata a mo' di ammonimento nei confronti di coloro che non sanno accontentarsi di quello che hanno.

Clausae sunt aures, obstrepente ira.
Sono chiuse le orecchie quando ruggisce l'ira.
(CURZIO RUFO, *Historiae Alexandri Magni*, 8,1,5)

Espressione che corrisponde alla nostra "accecati dall'ira".

Conscia mens recti famae mendacia risit.
La retta coscienza ride delle menzogne della fama.
(OVIDIO, *Fasti*, 4,311)

Detto tuttora in uso per indicare persone che non danno peso alle calunnie della gente in quanto consapevoli della propria onestà.

Consuetudine levior est labor.
Con l'abitudine il lavoro appare più leggero.
(LIVIO, *Ab urbe condita*, 35,35)

Espressione usata per educare alla costanza.

Consuetudine quasi alteram quandam naturam effici.
L'abitudine crea quasi una seconda natura.
(CICERONE, *De finibus*, 5,25,74)

In quanto col tempo le azioni che compiamo abitualmente diventano quasi spontanee.

Consuetudinis magna vis est.
Grande è la forza dell'abitudine.
(CICERONE, *Tusculanae disputationes*, 2,40)

Espressione in uso per indicare, appunto, la forza dell'abitudine.

Contritionem praecedit superbia.
La superbia precede la contrizione.
(ANTICO TESTAMENTO, *Proverbi*, 16,18)

Espressione usata per indicare che la superbia viene punita e, quindi, non bisogna esaltarsi o vantarsi troppo.

Crudelitas mater avaritia est, pater furor.
L'avidità è la madre della crudeltà, l'ira il padre.
(QUINTILIANO, *Institutiones oratoriae*, 9,3,89)

Espressione sul tema dell'avarizia e dell'ira come causa di crimini.

Cuique libitum esset liberum fieret.
Ognuno abbia la libertà di fare ciò che gli piace.
(OROSIO, *Storie*, 1,4,8)

"Che libito fe' licito in sua legge": così Dante tradusse questo passo di Orosio riferito alla regina Semiramide, che aveva permesso i matrimoni tra genitori e figli per mascherare il proprio incesto.

Dulcis... quies.
Dolce far nulla.
(SENECA, *Thyestes*, v. 392)

Espressione, ricorrente in molti autori, che indica la bellezza dell'ozio, soprattutto dopo un lungo periodo di fatiche.

Dum vitant stulti vitia, in contraria currunt.
Gli sciocchi, cercando di evitare i vizi, vanno incontro a quelli opposti.
(ORAZIO, *Satire*, 1,2,24)

Come ad es. fa chi, per evitare la prodigalità, cade nell'avarizia, o viceversa.

Eventus... stultorum... magister.
L'esito è maestro degli stolti.
(LIVIO, *Ab urbe condita*, 22,39)

In quanto essi non sanno prevedere, usando la ragione, le conseguenze delle loro azioni, ma devono toccarle con mano.

Ex vitio alius sapiens emendat suum.
Il saggio corregge il proprio vizio alla luce di quello altrui.
(PUBLILIO SIRO, *Sententiae*, E 4)

Variazione sul tema dell'importanza dell'imparare dagli altri.

Fertilior seges est alienis semper in agris.
La messe nei campi altrui è sempre più abbondante.
(OVIDIO, *Ars amatoria*, 1,349)

Constatazione di come l'uomo sia sempre invidioso dei beni altrui e veda l'erba del vicino sempre più verde.

Fluminibus aquas... transmittere.
Portare acqua ai fiumi.
(SIDONIO APOLLINARE, *Epistole*, 7,3,1)

L'autore si serve di tale metafora non tanto per indicare un'azione assurda, quanto per designare un atteggiamento arrogante e presuntuoso.

Frangar, non flectar.
Mi spezzerò, ma non mi piegherò.

Motto usato frequentemente per indicare persone integre e tutte d'un pezzo.

Frangas enim citius quam corrigas quae in pravum induruerunt.
Ciò che si è indurito nel male è più facile spezzarlo che correggerlo.
(QUINTILIANO, *Institutiones oratoriae*, 1,3,12)

L'espressione indica la difficoltà di correggere vizi o difetti ormai radicati.

Gloriam qui spreverit veram habebit.
Chi disprezza la gloria otterrà quella vera.
(Livio, *Ab urbe condita*, 22,39,19)

È un invito a non cercare la fama se la si vuole veramente ottenere.

Gloria... virtutem tamquam umbra sequitur.
La gloria segue la virtù come l'ombra.
(Cicerone, *Tusculanae disputationes*, 1,45,109)

L'espressione indica che il perseguire la virtù conduce alla gloria, ma pone anche l'accento sulla difficoltà di giungervi.

Gubernatorem in tempestate... intellegas.
Il timoniere si può valutare solo nella tempesta.
(Seneca, *De providentia*, 1,4,5)

L'espressione riprende il tema ricorrente che nei momenti difficili emergono le abilità e le capacità di una persona.

Hannibalem ipsum Capua corrupit.
Capua corruppe persino Annibale.
(Cicerone, *De lege agraria*, 1,20)

La sentenza ciceroniana trae spunto da un aneddoto secondo il quale Annibale, durante la seconda guerra punica, avrebbe ritardato l'attacco a Roma perché si sarebbe fermato a Capua, città nota per la vita sfarzosa e godereccia. Oggi può essere citata per ricordare che nessuno è immune dalle lusinghe del piacere.

Honos... praemium virtutis.
L'onore è il premio della virtù.
(Cicerone, *Brutus*, 281)

Solo gli uomini virtuosi otterranno in premio onori e gloria.

Immodica ira gignit insaniam.
L'ira smodata genera pazzia.
(Seneca, *Epistulae morales ad Lucilium*, 18,14)

L'ira porta infatti a compiere azioni sconsiderate.

Impedit ira animum, ne possit cernere verum.
L'ira impedisce all'animo di vedere la verità.
(*Disticha Catonis*, 2,4,2)

Chi è in preda all'ira è come accecato.

Iniuria in sapientem virum non cadit.
L'ingiuria non ha presa sull'uomo saggio.
(Seneca, *De constantia sapientis*, 7,2)

Il saggio si sente superiore e non si cura delle offese.

Ipsa virtus pretium sui.
La virtù è ricompensa di se stessa.
(Seneca, *De vita beata*, 9,4)

La virtù è un bene prezioso e basta a se stessa come premio.

Iracundiam qui vincit hostem superat maximum.
Chi vince l'ira vince il più grande dei nemici.
(Publilio Siro, *Sententiae*, I 22)

L'espressione si riallaccia al tema della difficoltà di lottare contro se stessi e contro l'ira in particolare, che annulla tutte le facoltà razionali.

Ira furor brevis est.
L'ira è una breve follia.
(Orazio, *Epistole*, 1,2,62)

L'espressione, molto famosa, fu ripresa dal Petrarca nel *Canzoniere*.

Iratus cum ad se rediit sibi tum irascitur.
Quando l'adirato è ritornato in sé si adira con se medesimo.
(Publilio Siro, *Sententiae*, I 43)

L'ira è un peccato che distrugge psicologicamente chi lo commette.

Iustum et tenacem propositi virum.
Uomo giusto e tenace nei propositi.
(Orazio, *Odi*, 3,3,1)

Con tali parole inizia un'ode di Orazio che afferma che un vero uomo non vacilla né sotto un tiranno né per il furore della folla. Oggi la frase viene comunemente citata per indicare una persona dal carattere fermo e deciso.

Labor omnia vicit / improbus.
Un faticoso lavoro vinse ogni difficoltà.
(VIRGILIO, *Georgiche*, 1,145-146)

Questo verso assai famoso viene tuttora citato per indicare che con la propria fatica e operosità l'uomo riesce a vincere le avversità.

Licet ipsa vitium sit ambitio, frequenter tamen causa virtutum est.
Benché l'ambizione sia vizio, tuttavia spesso è causa di virtù.
(QUINTILIANO, *Institutiones oratoriae*, 1,2,22)

In quanto costituisce uno stimolo a migliorare sempre la propria condizione.

Lignum quod tortum, haud umquam vidimus rectum.
Mai vedremo diritto un legno storto.
(PROVERBIO MEDIEVALE)

L'espressione sottolinea la difficoltà di correggere chi è portato a fare il male, ma, nel pensiero cristiano, "legno storto" è ogni uomo, in quanto segnato dal peccato originale.

Maledicus a malefico non distat nisi occasione.
Il maldicente non differisce dal malvagio se non per l'occasione.
(QUINTILIANO, *Institutiones oratoriae*, 12,9,9)

Se gli capitasse l'occasione, infatti, anche il maldicente sarebbe pronto ad agire male. L'espressione è, dunque, un monito a guardarsi da queste persone.

Malo emere quam rogare.
Preferisco comprare piuttosto che chiedere.
(CICERONE, *In Verrem actio secunda*, 4,12)

L'espressione esalta l'orgoglio di chi non chiede favori e, pur nel bisogno, cerca di farcela con le proprie forze, poiché nessun favore è gratuito.

Malo hic esse primus quam Romae secundus.
Preferisco essere primo qui che secondo a Roma.
(PLUTARCO, *Vita di Cesare*, 11,3-4)

Il detto prende spunto da un aneddoto riguardante Giulio Cesare, il quale, passando per un paesino delle Alpi e riferendosi alla vita politica che vi si svolgeva, pronunciò secondo Plutarco la frase in questione.

Marcet sine adversario virtus.
Il valore senza avversario s'infiacchisce.
(SENECA, *De providentia*, 2,4)

Il motto è spesso citato per indicare che nella lotta e nelle avversità emergono le doti di una persona, oppure che esse vengono meno se non vengono esercitate.

Maximum remedium irae mora est.
Il miglior rimedio all'ira è l'indugio.
(SENECA, *De ira*, 2,29)

Così l'ira sbollisce e lascia nuovamente spazio alla ragione. Monito a non prendere decisioni e iniziative sull'impulso dell'ira o di ogni altra violenta passione.

Multam enim malitiam docuit otiositas.
L'ozio insegna molte cattiverie.
(ANTICO TESTAMENTO, *Siracide*, 33,28)

Noi diciamo "L'ozio è il padre dei vizi".

Nam vitiis nemo sine nascitur.
Nessuno nasce senza vizi.
(ORAZIO, *Satire*, 1,3,68)

Implicito invito a non giudicare o a essere comprensivi nei riguardi dei difetti altrui.

Nec spe nec metu.
Né con speranza né con paura.
(ISABELLA D'ESTE GONZAGA)

Il detto si cita a proposito di coloro che sanno mantenersi distaccati tanto dalla speranza, e dunque non si fanno illusioni, quanto dalla paura e affrontano con coraggio le difficoltà della vita.

Nemo repente fuit turpissimus.
Nessuno diventa turpissimo all'improvviso.
(GIOVENALE, *Satire*, 2,83)

Il verso indica che le persone non cambiano improvvisamente e quindi, implicitamente, che le cattive qualità sono innate.

Nequitia ipsa sui poena est.
La malvagità è la punizione di se stessa.
(PSEUDO-SENECA, *Monita*, 64)

Espressione usata per indicare come spesso i mali si ritorcano contro chi li commette.

Nobilis est ille quem nobilitat sua virtus.
È nobile colui che è nobilitato dalla sua virtù.
(PROVERBIO MEDIEVALE)

La vera nobiltà è quella per meriti e non quella per nascita.

Nocere casus non solet constantiae.
Il caso non è solito danneggiare la costanza.
(PUBLILIO SIRO, *Sententiae*, N 29)

Una persona coerente e perseverante difficilmente si trova impreparata di fronte ad avvenimenti imprevisti.

Non fortuna homines aestimabo sed moribus.
Non giudicherò gli uomini in base alla loro sorte ma dai loro costumi.
(MACROBIO, *Saturnalia*, 1,11)

La sorte, infatti, è determinata dal caso, mentre ognuno si crea i propri costumi.

Non videmus manticae quod in tergo est.
Non vediamo ciò che sta nella bisaccia sulle spalle.
(CATULLO, *Carmina*, 22,21)

Il passo di Catullo si rifà alla favola delle "due bisacce", presente sia in Fedro che in Esopo: Giove nel creare gli uomini li dotò di due bisacce, ma mentre quella con i vizi altrui fu posta sul davanti, quella con i vizi propri fu collocata sulla schiena.

Nullum magnum ingenium sine mixtura dementiae fuit.
Non vi fu mai un grande ingegno senza un briciolo di pazzia.
(SENECA, *De tranquillitate animi*, 17,10)

L'opinione, che Seneca attribuisce ad Aristotele, è indicativa di come il binomio genio-sregolatezza fosse già noto all'antichità.

Nullum scelus rationem habet.
Nessun delitto può trovare una scusante.
(LIVIO, *Ab urbe condita*, 28,28)

Nessuna scelleratezza può essere giustificata o scusata.

Nullum theatrum virtuti conscientia maius est.
Nessun teatro è più adatto alla virtù che la nostra coscienza.
(CICERONE, *Tusculanae disputationes*, 2,64)

È un invito a coltivare la virtù nel segreto.

Numquam periclum sine periclo vincitur.
Non si vince mai il pericolo senza pericolo.
(PUBLILIO SIRO, *Sententiae*, N 7)

L'espressione invita ad affrontare i pericoli coraggiosamente, senza paura di rischiare.

Oderint dum metuant.
Mi odino, ma mi temano.
(SVETONIO, *De vita Caesarum*, Caligula, 30)

Il motto viene citato spesso per indicare una forma di comando basata sul terrore e la tirannia.

Oderunt peccare boni virtutis amore.
I buoni sono trattenuti dal fare il male per amore della virtù.
(ORAZIO, *Epistole*, 1,16,52)

L'espressione è adatta a discorsi di etica e di morale.

Os habet in corde sapiens, cor stultus in ore.
Il saggio ha la bocca nel cuore, lo stolto il cuore nella bocca.
(PROVERBIO MEDIEVALE)

Il detto deriva da un antico topos che contrappone il cuore, simbolo dei sentimenti più profondi, alla bocca, sede della superficialità.

O tempora, o mores!
O tempi, o costumi!
(CICERONE, *Prima Catilinaria*, 1,2)

Famosa esclamazione di Cicerone nella prima orazione contro Catilina, per condannare la corruzione e l'immoralità della società romana del tempo.

Pars magna bonitatis est velle fieri bonum.
La maggior parte della bontà consiste nel volere essere buono.
(SENECA, *Epistulae morales ad Lucilium*, 34,3)

L'importante è, infatti, sforzarsi di essere buoni.

Pascitur in vivis livor, post fata quiescit.
L'invidia si nutre tra i vivi, si calma dopo la morte.
(OVIDIO, *Amores*, 1,15,39)

L'espressione da un lato si ricollega al motivo di non parlar male dei morti, dall'altro constata come le persone che in vita erano invidiate dopo la morte vengono invece elogiate.

Paucorum improbitas est multorum calamitas.
La disonestà di pochi è di danno a molti.
(PUBLILIO SIRO, *Sententiae*, P 36)

Tutti sono costretti a fare le spese di eventuali punizioni o della danneggiata reputazione.

Pedibus timor addidit alas.
La paura mise le ali ai piedi.
(VIRGILIO, *Eneide*, 8,224)

L'immagine è forse ispirata alla raffigurazione di Hermes con le ali ai piedi; il detto significa che la paura rende veloci o, meglio, aguzza il nostro istinto di sopravvivenza.

Piger ipse sibi obstat.
Il pigro ostacola se stesso.
(SENECA, *Epistulae morales ad Lucilium*, 94,28)

In quanto il non fare niente gli impedisce di migliorare la propria condizione, se non lo porta addirittura a peggiorarla.

Post gloriam invidiam sequi.
Alla gloria segue immediatamente l'invidia.
(SALLUSTIO, *Bellum Iugurthinum*, 55,3)

È inevitabile che chi raggiunge alte cariche divenga oggetto d'invidia da parte di chi non è riuscito.

Promissio boni viri est obligatio.
La promessa di una persona onesta è un obbligo.
(MOTTO MEDIEVALE)

Il detto è di origine ignota e significa che le promesse vanno mantenute.

Proprium est magnitudinis verae non sentire percussum.
È proprio della vera magnanimità non sentire l'offesa.
(SENECA, *De ira*, 3,25,3)

Perché chi è nobile d'animo è più incline al perdono.

Proprium est nocentium trepidare.
L'aver paura è proprio del colpevole.
(SENECA, *Epistulae morales ad Lucilium*, 97,16)

Chi ha la coscienza sporca non può fare a meno che temere per la propria sorte.

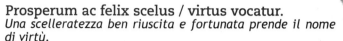

Prosperum ac felix scelus / virtus vocatur.
Una scelleratezza ben riuscita e fortunata prende il nome di virtù.
(Seneca, *Hercules furens*, vv. 250-251)

Spesso il reato compiuto da una persona onesta o che gode di una certa reputazione viene minimizzato se non addirittura considerato positivamente.

Pulchrum est digito monstrari et dicier: hic est.
È bello essere mostrato a dito e sentirsi dire: è quello.
(Persio, *Satire*, 1,28)

Il detto indica come tutti trovino piacevole o sognino di raggiungere una tale fama.

Quanto plus liceat, tanto libeat minus.
Quanto più è lecito, tanto meno può piacere.
(proverbio medievale)

Il detto riprende il motivo del gusto per la trasgressione, ma in termini opposti, ossia affermando che ciò che è lecito fare non esercita alcun fascino.

Quasi stultus stultis persuadere conaris.
Come uno sciocco cerchi di persuadere gli sciocchi.
(S. Girolamo, *Adversus Pelagianos*, 3,14,799)

Il detto si riferisce ad azioni inutili, destinate a cadere nel vuoto.

Qui non vult serere fructus non debet habere.
Chi non vuole coltivare non deve avere i frutti.
(proverbio medievale)

Espressione simile al nostro detto "Chi non lavora non mangia".

Qui se ipse laudat cito derisorem invenit.
Chi si loda trova presto un derisore.
(Publilio Siro, *Sententiae*, Q 45)

Il detto può essere usato per esprimere disapprovazione nei confronti di coloro che si vantano di se stessi.

Qui tetigerit picem, inquinabitur ab ea.

Chi toccherà la pece ne rimarrà insudiciato.

(ANTICO TESTAMENTO, *Siracide*, 13,1)

L'espressione biblica equivale al detto italiano "chi va al mulino si infarina".

Quodque domi non est et habet vicinus amatur.

Piace ciò che non c'è in casa e che il vicino possiede.

(PROVERBIO MEDIEVALE)

Modo di dire usato per esprimere l'invidia nei confronti dei vicini o dei conoscenti.

Recte faciendo neminem timeas.

Agendo rettamente non avrai da temere nessuno.

(PROVERBIO MEDIEVALE)

Semplice motto che sintetizza in poche parole una fondamentale norma di comportamento.

Scelera non habere consilium.

I delitti non hanno cervello.

(QUINTILIANO, *Institutiones oratoriae*, 7,2,44)

Il detto si cita a proposito di chi commette un crimine in un momento d'ira, senza riflettere.

Sint ut sunt aut non sint.

Siano come sono o non siano.

Il motto non è di origine classica, ma si tratterebbe della risposta del generale dei Gesuiti, padre Lorenzo Ricci, a papa Clemente XIV che imponeva una riforma dell'ordine. Il detto indica oggi la ferma volontà di non cambiare.

Stimulos dedit aemula virtus.

La virtù emulatrice diede lo stimolo.

(LUCANO, *Pharsalia*, 1,120)

La virtù spinge, infatti, l'uomo a compiere nobili azioni.

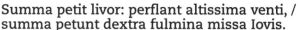

**Summa petit livor: perflant altissima venti, /
summa petunt dextra fulmina missa Iovis.**
*L'invidia colpisce le cime: sulla sommità si scatenano i venti,
i fulmini scagliati dalla mano destra di Giove colpiscono le
cime.*
(Ovidio, *Remedia amoris*, 369-370)

Immagine poetica, adatta a un ambito dotto, che indica come
l'invidia si abbatta sulle persone più in vista.

**Summum crede nefas animam
praeferre pudori.**
Reputa il peggiore dei disonori il preferire la vita all'onestà.
(Giovenale, *Satire*, 8,83)

Esortazione ad anteporre i valori morali alla propria vita.

Sunt enim... virtutibus vitia confinia.
Ci sono vizi che confinano con la virtù.
(Seneca, *Epistulae morales ad Lucilium*, 120,8)

Un eccesso di virtù può, infatti, trasformarsi in vizio.

Suspice, etiam si decidunt, magna conantes.
*Ammira, anche se non riescono, coloro che tentano grandi
imprese.*
(Seneca, *De vita beata*, 20,2)

È, infatti, la volontà che va premiata.

Tantundem esse vitiorum quantum hominum.
Ci sono tanti vizi quanti uomini.
(Seneca, *De ira*, 2,8,1)

Nessuno, infatti, è privo di difetti.

Tarde velle nolentis est.
Il volere con lentezza è tipico di chi non vuole.
(Seneca, *De beneficiis*, 2,5,4)

Detto che si può citare a proposito di chi non avendo il coraggio di
opporsi apertamente a una scelta si limita a ritardarla.

Unicuique dedit vitium natura creato.
A ogni creatura la natura ha dato un difetto.
(Properzio, *Elegie*, 2,22,17)

È il nostro "nessuno è perfetto". Il detto costituisce, dunque, un implicito invito alla tolleranza dei difetti altrui.

Vigilando, agendo, bene consulendo, prospera omnia cedunt.
Vigilando, operando e meditando, tutte le cose prosperano.
(Sallustio, *Bellum Catilinae*, 52)

Il detto significa che le cose riescono bene quando si fanno con ponderazione e costanza.

Virtus est medium vitiorum et utrimque reductum.
La virtù è il punto medio equidistante tra due difetti.
(Orazio, *Epistole*, 1,18,9)

Concetto analogo al più noto *in medio stat virtus* e che ben esprime la sobria posizione filosofica e morale di Orazio.

Virtus sudore et sanguine colenda est.
La virtù si coltiva con il sudore e il sangue.
(Seneca, *Epistulae morales ad Lucilium*, 67,12)

La virtù non è un regalo ma richiede continui sacrifici.

Virtute duce, comite fortuna.
Con la virtù per guida, la fortuna per compagna.
(Cicerone, *Epistulae ad familiares*, 10,3)

Sono i due elementi necessari per ottenere successo. Il detto può essere citato come augurio.

Virtutem primam esse puto compescere linguam.
La prima delle virtù è tenere a freno la lingua.
(*Disticha Catonis*, 1,3,1)

L'espressione riprende il tema, caro ai latini, secondo cui il parlare poco era indice di educazione e saggezza.

LE CITAZIONI

PERLE DI SAGGEZZA

Ab alio expectes, alteri quod feceris.
Aspettati dagli altri ciò che tu hai fatto loro.
(PUBLILIO SIRO, *Sententiae*, A 2)

Saggia sentenza applicabile in ogni ambito della vita quotidiana.

Absentem laedit cum ebrio qui litigat.
Chi litiga con un ubriaco offende un assente.
(PUBLILIO SIRO, *Sententiae*, A 12)

Questa massima invita alla pazienza e alla tolleranza: non bisogna, infatti, prendersela con chi non è nel pieno delle proprie
facoltà mentali perché sarebbe come insultare un assente.

A capite bona valetudo.
Dal capo viene la buona salute.
(SENECA, *De clementia*, 2,2,1)

Espressione usata a proposito del buon esempio che dovrebbero
dare le persone che occupano incarichi di governo o di comando.

Accidere ex una scintilla incendia passim.
Talvolta da una sola scintilla si sviluppa un incendio.
(LUCREZIO, *De rerum natura*, 5,609)

L'espressione da un lato è un richiamo a non trascurare piccoli particolari le cui conseguenze possono essere dannose, dall'altro indica
che da un'azione insignificante possono sorgere grandi cose.

Accipere quam facere praestat iniuriam.
È meglio ricevere un torto che farlo.
(CICERONE, *Tusculanae disputationes*, 5,19,56)

La frase, ripresa anche da Seneca (*Phoenissae*, 494) e da S. Agostino (*Enarrationes in Psalmos*, 124,8), ha un profondo significato etico, ma può essere utilizzata anche a scopo consolatorio nei riguardi di chi ha subito un torto.

Ad paenitendum properat, cito qui iudicat.
Presto si pente chi giudica in fretta.
(PUBLILIO SIRO, *Sententiae*, A 32)

Espressione citabile come ammonimento a non dare giudizi affrettati, per non doversene poi pentire.

Aequam memento rebus in arduis / servare mentem.
Ricordati di mantenere l'animo sereno nelle avversità.
(ORAZIO, *Odi*, 2,3,1-2)

In questa capacità consiste per Orazio l'essenza della saggezza.

Aequat omnes cinis.
La morte rende tutti uguali.
(SENECA, *Epistulae morales ad Lucilium*, 91,16)

La morte come livellatrice è motivo ricorrente in tutte le culture.

Alium silere quod voles, primus sile.
Taci tu per primo ciò che vuoi sia taciuto da altri.
(SENECA, *Phaedra*, v. 876)

L'espressione pone l'accento sull'importanza della riservatezza.

Altera manu fert lapidem, panem ostentat altera.
Con una mano mostra il pane, con l'altra porta una pietra.
(PLAUTO, *Aulularia*, v. 195)

È biasimevole l'uomo che tradisce chi confida in lui. Anche in un passo evangelico è considerato spregevole dare pietre a chi chiede pane.

Alteri semper ignoscito, tibi ipsi numquam.
Perdona sempre agli altri e mai a te stesso.
(*Proverbia Senecae*, 111)

Esortazione al rigore morale e alla magnanimità.

Alterius non sit qui suus esse potest.
Non appartenga a un altro chi può appartenere a se stesso.
(Esopo, *Fabulae*, 21b, 22)

La propria libertà è preziosa e va difesa a ogni costo.

Ames parentem si aequus est, aliter feras.
Ama il genitore se è giusto, altrimenti sopportalo.
(Publilio Siro, *Sententiae*, A 8)

L'espressione denota come il rapporto tra genitori e figli sia sempre stato problematico.

Animum debes mutare, non coelum.
Devi mutare animo, non cielo.
(Seneca, *Epistulae morales ad Lucilium*, 28,1)

L'espressione si riferisce a coloro che pensano di fuggire le tentazioni o di cambiare le abitudini cambiando paese.

Appetitus rationi oboediant.
I desideri devono obbedire alla ragione.
(Cicerone, *De officiis*, 1,102)

La supremazia della ragione sugli appetiti dei sensi è un motivo che attraversa tutta la storia del pensiero e in ogni cultura.

Auribus frequentius quam lingua utere.
Usa le orecchie piuttosto che la lingua.
(Pseudo-Seneca, *De moribus*, 104)

Saggio è chi parla poco e ascolta molto.

Assuesce unus esse.
Abituati a essere da solo.
(S. Ambrogio, *Epistula ad Vercellensem Ecclesiam*, 63,60)

L'espressione è un invito a essere sempre coerenti con se stessi, senza preoccuparsi del consenso altrui.

Auscultare disce si nescis loqui.
Impara ad ascoltare se non sai parlare.
(POMPONIO, 12 R)

Bisogna saper ascoltare per imparare a parlare bene.

Bene qui latuit bene vixit.
Ha vissuto bene chi è vissuto ben nascosto.
(OVIDIO, *Tristia*, 3,4,25)

Il motto loda le persone che conducono una vita riservata e appartata, lontano dai desideri di onore e di potere.

Bis vincit qui se vincit in victoria.
Vince due volte chi nella vittoria vince se stesso.
(PUBLILIO SIRO, *Sententiae*, B 21)

Massima che richiama il motivo della lotta contro se stessi, impresa molto difficile.

Caeci sunt oculi cum animus alias res agit.
Gli occhi sono ciechi quando l'anima si occupa di altre cose.
(PUBLILIO SIRO, *Sententiae*, C 30)

Espressione usata per indicare che quando l'animo è preso da preoccupazioni spesso non ci si rende conto delle cose più evidenti.

Calamitas virtutis occasio est.
La calamità è occasione di virtù.
(SENECA, *De providentia*, 4,6)

Espressione che riprende il motivo secondo cui soltanto nelle avversità emergono veramente le doti e le capacità di una persona.

Carpe viam et susceptum perfice munus.
Inizia il cammino e porta a buon fine l'opera intrapresa.
(VIRGILIO, *Eneide*, 6,629)

Frase citabile come incoraggiamento all'azione e alla costanza.

Causa patrocinio non bona peior erit.
La causa cattiva diventa peggiore col volerla difendere.
(OVIDIO, *Tristia*, 1,1,26)

Espressione che indica la vanità del difendere cause o situazioni negative in quanto già perse in partenza.

Certa viriliter, sustine patienter.
Combatti virilmente e sopporta pazientemente.
(TOMMASO DA KEMPIS, *De imitatione Christi*, 3,19,4)

Il motto designa la lotta spirituale del "soldato" cristiano, ma può essere citato anche in riferimento a situazioni difficili che richiedono forza e tenacia.

Cibi condimentum esse famem.
La fame è il condimento del cibo.
(CICERONE, *De finibus*, 2,90)

Quando si ha fame è buono qualsiasi cibo.

Cogito ergo sum.
Penso dunque esisto.
(CARTESIO, *Principia philosophiae*, I, 7 e 10)

L'io pensante è il nucleo della filosofia cartesiana, in quanto nel pensiero risiede la prima consapevolezza che l'uomo ha di se stesso.

Cuiusvis hominis est errare,
nullius nisi insipientis, in errore perseverare.
È proprio di ogni uomo errare, ma dello sciocco perseverare nell'errore.
(CICERONE, *Filippiche*, 12,5)

Bisogna sempre cercare di trarre insegnamento dai propri errori.

Cum autem sublatus fuerit ab oculis,
etiam cito transit a mente.
Una volta tolto dagli occhi passa presto anche dalla mente.
(TOMMASO DA KEMPIS, *De imitatione Christi*, 1,23,1)

Motto basato sull'antico motivo del "lontano dagli occhi lontano dal cuore" ma inteso dall'autore come lontananza dalle tentazioni.

Cum sapiente loquens perpaucis utere verbis.
Parlando col saggio usa pochissime parole.
(S. Colombano, *Carmen monastichum*, 46)

Troppe parole infatti non servono in quanto il saggio comprende subito di cosa si stia parlando.

Dedi malum et accepi.
Ho fatto del male e l'ho ricevuto.
(Plinio il Giovane, *Epistole*, 3,9,3)

Amara constatazione che riprende il tema più ampio secondo il quale si riceve in cambio ciò che si è dato.

De mortuis nil nisi bene.
Dei morti non si deve dire altro che bene.
(Diogene Laerzio, *Vite dei filosofi*, 1,70)

Il detto, attribuito al filosofo Chilone, invita a nutrire grande rispetto per i morti, anche se in vita furono nostri nemici o antagonisti.

De nihilo nihilum, in nihilum nil posse reverti.
Nulla (nasce) dal nulla e nulla può ritornare al nulla.
(Persio, *Satire*, 3,84)

Affermazione che esprimeva il punto di vista della filosofia epicurea, confermato dalla scienza moderna.

Dictum sapienti sat est.
Per il saggio basta una parola.
(Plauto, *Persa*, v. 729)

Alle persone sagge sono sufficienti poche parole per comprendere un discorso o una situazione.

Dubitando ad veritatem pervenimus.
Col dubbio siamo giunti alla verità.

Frase attribuita a Cicerone e citata spesso come omologo di *Cogito ergo sum*, ma che in realtà ha un significato diverso e indica che la ricerca della verità procede tra dubbi ed esitazioni.

Dubium sapientiae initium.
Il dubbio è l'inizio della conoscenza.
(CARTESIO)

Motto che sintetizza il metodo filosofico cartesiano.

Ducunt volentem fata, nolentem trahunt.
Il fato conduce chi lo segue, trascina chi a esso resiste.
(SENECA, *Epistulae morales ad Lucilium*, 107,11)

Espressione, citata anche nella forma abbreviata *fata trahunt*, per indicare l'ineluttabilità della sorte anche se si tenta di opporvisi.

E coelo descendit «nosce te ipsum» / fingendum et memori tractandum pectore.
Dal cielo discende la sentenza "conosci te stesso" ed è da scolpirsi eterna nel cuore.
(GIOVENALE, *Satire*, 11,27-28)

Espressione che riprende l'antichissimo tema della conoscenza di se stessi. *Nosce te ipsum* è infatti la traduzione del motto greco iscritto sul tempio dell'oracolo di Delfi e fatto proprio anzitutto da Socrate.

Errare humanum est, perseverare autem diabolicum.
Errare è umano, ma perseverare nell'errore è diabolico.

Frase celeberrima, che richiama quella già citata di Cicerone (*Cuiusvis hominis est errare, nullius nisi insipientis, in errore perseverare*), ma che con l'aggettivo *diabolicum* riprende la formulazione datane da S. Agostino (*Sermones*, 164,14): *Humanum fuit errare, diabolicum est in errore manere.*

Esse oportet ut vivas, non vivere ut edas.
Bisogna mangiare per vivere, non vivere per mangiare.
(RHETORICA AD HERENNIUM, 4,28,39)

L'espressione era citata come esempio di una figura retorica, la *commutatio* (ripetizione di due verbi o sostantivi con terminazione invertita). Oggi è usata più semplicemente nel linguaggio comune per indicare la moderazione nei piaceri della tavola.

**Est modus in rebus: sunt certi denique fines,
quos ultra citraque nequit consistere rectum.**
*C'è una misura nelle cose; ci sono determinati confini e non
è retto oltrepassarli né rimanere indietro.*
(Orazio, *Satire*, 1,1,106-107)

Formula con la quale Orazio invita alla *mediocritas* ovvero alla
moderazione e alla misura.

**Etiam iucunda memoria est
praeteritorum malorum.**
È anche piacevole il ricordo dei mali passati.
(Cicerone, *De finibus*, 2,32,105)

Espressione citata per indicare che è bello ricordare i mali passati
dopo che si sono superati.

Exigua his tribuenda fides qui multa loquuntur.
Poca fede si deve prestare a chi chiacchiera molto.
(*Disticha Catonis*, 2,20,2)

Espressione che invita a non fidarsi di chiacchieroni e ciarlatani.

Exitus acta probat.
L'esito giustifica le azioni.
(Ovidio, *Heroides*, 2,85)

Locuzione diffusa per indicare che il risultato è la verifica dell'azione e che le azioni vanno giudicate alla luce della loro conclusione.

Faber est suae quisque fortunae.
Ognuno è artefice del proprio destino.
(Pseudo Sallustio, *Epistulae ad Caesarem senem de republica*, 1,1)

Espressione famosissima, citata tuttora per indicare la responsabilità delle decisioni umane, e non tanto della sorte, nel dirigere
la propria vita.

Factis non verbis sapientia se profitetur.
La sapienza trae profitto dai fatti, non dalle parole.
(Abelardo, *Ad Astrolabium*, 43)

Motto che riprende il motivo che l'opera deve esser compiuta non a parole ma coi fatti. È stato sintetizzato nel più comune *facta non verba* ("fatti non parole").

Feras non culpes quod mutari non potest.
Sopporta e non prendertela con ciò che non si può cambiare.
(PUBLILIO SIRO, *Sententiae*, F 11)

La massima esorta ad accettare serenamente ciò che è inevitabile.

Fortuna opes auferre, non animum, potest.
La fortuna può togliere le ricchezze, non l'anima.
(SENECA, *Medea*, v. 176)

Saggia sentenza che invita a ridimensionare il valore che ognuno dà alla fortuna: questa è sì un bene prezioso, ma l'anima lo è molto di più.

Fortuna vitrea est: tum cum splendet frangetur.
La fortuna è di vetro: proprio quando splende si rompe.
(PUBLILIO SIRO, *Sententiae*, F 24)

Nulla dura per sempre e neanche la fortuna può sottrarsi a questa tragica legge della vita.

Habes somnum imaginem mortis.
Hai il sonno che è immagine della morte.
(CICERONE, *Tusculanae disputationes*, 1,38,92)

Cicerone si serve di tale esempio per affermare che non bisogna temere la morte, in quanto essa è come il sonno durante il quale si perde ogni sensibilità.

Haec sit propositi nostri summa: quod sentimus loquamur; quod loquimur sentiamus; concordet sermo cum vita.
Questo sia l'essenza della nostra condotta: dire quello che pensiamo; pensare quello che diciamo; la nostra parola concordi con la nostra vita.
(SENECA, *Epistulae morales ad Lucilium*, 75,4)

Discorso, citabile anche solo parzialmente, che costituisce un invito alla massima coerenza tra il modo di parlare e il modo di agire.

Hoc unum scio, idest nihil scire.
Io so una cosa sola, cioè di non sapere.

È la famosissima risposta di Socrate all'oracolo di Delfi che per questo lo aveva dichiarato la persona più sapiente della Grecia.

Hominis tota vita nihil aliud quam ad mortem iter est.
Tutta la vita dell'uomo non è altro che un cammino verso la morte.
(SENECA, *Ad Polybium de consolatione*, 11)

Espressione un po' pessimista ma veritiera che indica il fine ultimo dell'uomo. Può essere citata nei discorsi solenni, in commemorazione di qualcuno.

Humanas actiones non ridere, non lugere, neque detestari sed intelligere.
Non deridere, non compiangere, non disprezzare, ma comprendere le cose umane.
(SPINOZA, *Tractatus politicus*, 1,4)

L'espressione, citata anche nella forma abbreviata *Neque irasci, neque admirari sed intelligere,* esorta alla comprensione degli altri e delle loro azioni.

Humanum amare est, humanum autem ignoscere est.
È umano amare, ma è altrettanto umano perdonare.
(PLAUTO, *Mercator*, v. 319)

L'espressione, che sembra precorrere gli insegnamenti cristiani, esorta al perdono come massima manifestazione d'amore.

Ibi semper est victoria ubi est concordia.
Dove c'è concordia c'è sempre vittoria.
(PUBLILIO SIRO, *Sententiae*, I 59)

Espressione che indica l'importanza di essere uniti contro un nemico comune ed è simile al detto "l'unione fa la forza".

Ignis aurum probat, miseria fortes viros.
Il fuoco prova l'oro, la miseria gli uomini forti.
(SENECA, *De providentia*, 5,9)

Soltanto nelle avversità si può conoscere a fondo l'animo di un uomo e capirne la grandezza.

Imperare sibi maximum imperium est.
Comandare a se stessi è la massima forma di comando.
(SENECA, *Epistulae morales ad Lucilium*, 113,30)

È, infatti, la forma più difficile di comando.

Imperat aut servit collecta pecunia cuique.
Il denaro comanda o ubbidisce a chi l'ha accumulato.
(ORAZIO, *Epistole*, 1,10,47)

L'espressione costituisce un invito a non divenire servi del denaro, ma a sapersene servire nella giusta misura.

In fuga foeda mors est, in victoria gloriosa.
La morte è vergognosa nella fuga, gloriosa nella vittoria.
(CICERONE, *Filippiche*, 14,32)

Espressione adatta ai discorsi patriottici e all'esaltazione di eroi.

Iniquum est conlapsis manum non porrigere.
È cosa iniqua non tendere la mano a chi è caduto.
(SENECA IL RETORE, *Controversiae*, 1,1,14)

L'espressione va intesa come invito a soccorrere i deboli e coloro che si trovano in condizioni disagiate.

In magnis et voluisse sat est.
Nelle grandi imprese è sufficiente anche solo l'aver voluto.
(PROPERZIO, *Elegie*, 2,10,6)

L'espressione vuole sottolineare l'importanza di proporsi grandi obiettivi, anche se non sempre si sarà premiati dal risultato.

In medio stat virtus.
La virtù sta nel mezzo.
(ARISTOTELE, *Etica nicomachea*)

Questa locuzione è la traduzione latina di un proverbio greco che costituiva il fondamento dell'*Etica nicomachea*. Il motto è diffusissimo ancor oggi come invito alla moderazione e a tenersi lontani dagli estremi.

Laevius laedit quidquid praevidimus ante.
Ferisce più leggermente ciò che prima abbiamo previsto.
(*Disticha Catonis*, 2,24,2)

In quanto siamo già mentalmente preparati ad affrontarlo.

Lauda parce, sed vitupera parcius.
Loda parcamente, ma ancor più parcamente biasima.

Saggia sentenza, attribuita a Seneca, che invita a non lodare troppo una persona per non farla inorgoglire e a non biasimarla troppo per non abbatterla.

Laus nova nisi oritur, etiam vetus amittitur.
Se non sorge una nuova lode si perde anche quella vecchia.
(PUBLILIO SIRO, *Sententiae*, L 2)

La sentenza invita a non adagiarsi sugli allori, ma a perseverare, se non si vuole perdere la stima anche per ciò che si è già compiuto.

Legere enim et non intelligere neglegere est.
Leggere e non capire è come non leggere.
(*Monosticha Catonis*, PREFAZIONE)

L'espressione, molto facile da tenere a mente, si adatta a essere citata in ambito scolastico.

Leve aes alienum debitorem facit, grave inimicum.
Un piccolo debito crea un debitore, uno grande un nemico.
(SENECA, *Epistulae morales ad Lucilium*, 19,11)

La massima costituisce un ammonimento a non concedere troppi prestiti.

Loqui qui nescit discat aliquando reticere.
Chi non sa parlare impari di tanto in tanto a tacere.
(S. Girolamo, *Epistole*, 109,2)

L'espressione costituisce un ammonimento ai pettegoli e a coloro che parlano a vanvera.

Melior tutiorque est certa pax quam sperata victoria.
Una pace certa è migliore e più sicura di una vittoria sperata.
(Livio, *Ab urbe condita*, 30,30)

La frase sarebbe stata pronunciata da Annibale e va intesa non tanto come lode della pace, quanto come invito alla prudenza e a non rischiare ciò che si ha se non si è ben sicuri di un successo.

Memento audere semper.
Ricordati di osare sempre.

Il motto è un'esortazione ad assumere dei rischi e fu coniato da Gabriele D'Annunzio, che si era ispirato all'acronimo MAS, "Motoscafo Anti Sommergibile". Il poeta intendeva rendere omaggio a questo strumento bellico, al cui battesimo del fuoco aveva partecipato durante la prima guerra mondiale.

Memoria minuitur... nisi eam exerceas.
La memoria diminuisce se non la tieni in esercizio.
(Cicerone, *Cato Maior de Senectute*, 7,21)

Precetto che sottolinea l'importanza di esercitare la memoria.

Minuit praesentia famam.
La presenza diminuisce la fama.
(Claudiano, *De bello Gildonico*, v. 385)

La sentenza indica che le cose viste da vicino fanno minor effetto di quanto la fama e la lontananza ce le avessero fatte immaginare.

Mora cogitationis diligentia est.
Il pensare a lungo è diligenza.
(Publilio Siro, *Sententiae*, M 41)

La massima invita a pensare a lungo prima di decidere.

Multa non quia difficilia sunt non audemus, sed quia non audemus sunt difficilia.

Molte cose non osiamo non perché sono difficili, ma sono difficili perché non osiamo.

(SENECA, *Epistulae morales ad Lucilium*, 104,26)

L'espressione piuttosto complessa, adatta a discorsi scritti o a un ambiente dotto, esprime in realtà un concetto piuttosto semplice, ossia che la paura di fare una cosa la rende più difficile.

Multitudo non est sequenda.

Non bisogna seguire la moltitudine.

L'espressione, che sintetizza un pensiero di S. Agostino (*Enarrationes in Psalmos*, 39), è un invito a non adeguarsi passivamente alle idee o alle mode seguite dalla maggioranza.

Multos timere debet quem multi timent.

Deve temere molti colui che molti temono.

(PUBLILIO SIRO, *Sententiae*, M 30)

La massima è un invito a chi occupa posti di responsabilità e potere a comportarsi rettamente se non vuole che gli altri, prima o poi, se la prendano con lui.

Nemo athleta sine sudoribus coronatur.

Nessun atleta conquista la corona senza fatiche.

(S. GIROLAMO, *Epistole*, 14,10,3)

S. Girolamo riprende un'immagine nota in ambito cristiano per indicare che non si ottiene nessun successo senza fatica.

Nemo propheta in patria.

Nessuno è profeta nella [propria] patria.

L'espressione, presente in forme simili nei *Vangeli*, indica la difficoltà delle persone di emergere nel proprio paese.

Nihil esse quod Deus efficere non possit.

Non vi è nulla che la divinità non possa fare.

(CICERONE, *De natura deorum*, 3,92)

L'espressione è legata al motivo dell'onnipotenza divina, ricorrente nella letteratura latina.

Nihil est in effectu quod non sit in causa.
Non vi è nulla nell'effetto che non sia anche nella causa.

Il detto deriva dalla filosofia scolastica e viene oggi citato per indicare che nulla accade senza essere provocato.

Nihil est quod timeas, si innocens es.
Non devi temere nulla se sei innocente.
(QUINTILIANO, *Declamationes maiores*, 294)

Il detto può essere citato come incoraggiamento a chi deve subire un processo o anche semplicemente discolparsi da qualche accusa.

Nihil inimicius quam sibi ipse.
Nulla vi è di più nemico di se stessi.
(CICERONE, *Epistulae ad Atticum*, 10,12A,3)

Molte volte l'uomo vuole il proprio male e arriva talvolta ad autodistruggersi.

Nihil recte sine exemplo docetur.
Nulla si insegna bene senza esempi.
(COLUMELLA, *De re rustica*, 11,1,4)

Il detto riprende il noto precetto didattico dell'importanza degli esempi nell'insegnamento.

Nil magis amat cupiditas quam quod non licet.
Al desiderio niente piace di più di ciò che non è lecito.
(PUBLILIO SIRO, *Sententiae*, N 17)

Tale massima evidenzia come già gli antichi avessero scoperto un comportamento, ossia l'attrazione per ciò che è trasgressivo, che oggi è studiato dalla psicologia e dalla psicanalisi.

Nil sine magno / vita labore dedit mortalibus.
La vita non offre nulla ai mortali senza grandi fatiche.
(ORAZIO, *Satire*, 1,9,59-60)

L'espressione si trova nella famosa satira dello "scocciatore" e riprende un tema molto diffuso nel mondo latino, ossia che senza fatica non si ottiene nulla.

Nimium boni est, cui nihil est malis.

Chi non ha alcun male ha molti beni.
(CICERONE, *De finibus*, 2,41)

L'espressione di Ennio, citata da Cicerone, invita ad apprezzare il dono della salute o il fatto di avere poche preoccupazioni.

Nitimur in vetitum semper cupimusque negata.

Sempre bramiamo le cose vietate e desideriamo quelle che ci sono negate.
(OVIDIO, *Amores*, 3,4,17)

Espressione che ribadisce come la bramosia per le cose proibite sembri essere un desiderio innato nell'uomo.

Non bene pro toto libertas venditur auro.

Non vi è oro che basti a pagare la libertà.
(ESOPO, *Fabulae*, 54)

La frase è contenuta nella favola del lupo e del cane, nella quale il lupo preferisce soffrire la fame piuttosto che farsi mettere il collare.

Non flere, non indignari, sed intelligere.

Non piangere, non indignarsi, ma comprendere.
(SPINOZA, *Brevis tractatus de Deo, de homine et de salute*)

Esortazione alla riflessione e alla comprensione degli eventi per evitare di affrontarli in maniera sbagliata.

Non metuit mortem qui scit contemnere vitam.

Non teme la morte colui che imparò a disprezzare la vita.
(DISTICHA CATONIS, 4,22,2)

Chi non ama la vita non ne apprezza le gioie e, quindi, non ha paura della morte.

Nulla salus bello:
pacem, te poscimus omnes.
Non c'è salvezza nella guerra: o pace, tutti t'invochiamo.
(VIRGILIO, *Eneide*, 11,362)

Espressione citabile in discorsi solenni inneggianti alla pace.

Nullus agentis dies longus est.
Nessun giorno è lungo per chi lavora.
(SENECA, *Epistulae morales ad Lucilium*, 122,3)

Perché chi lavora non si annoia e il tempo passa più in fretta.

O beata solitudo, o sola beatitudo.
O beata solitudine o sola beatitudine.
(S. BERNARDO)

L'espressione è oggi citata anche nella forma abbreviata *beata solitudo* per esprimere la propria aspirazione alla tranquillità e alla solitudine.

Omnia quae dicunt homines tu credere noli.
Non credere a tutto quello che dice la gente.
(ALCUINO, *Praecepta*, 40)

Raccomandazione a non prestar fede ai pettegolezzi.

Otia corpus alunt, animus quoque
pascitur illis.
Il riposo nutre il corpo e anche l'anima ne è rinfrancata.
(OVIDIO, *Epistulae ex Ponto*, 1,4,21)

L'espressione sottolinea l'importanza del riposo e continua affermando che il troppo lavoro nuoce alla salute.

Parvum parva decent.
Al piccolo si adattano le cose piccole.
(ORAZIO, *Epistole*, 1,7,44)

Orazio si riferisce qui alla condizione sociale, per cui ciascuno deve vivere in base ai propri mezzi.

Periculosum est credere et non credere.
È pericoloso sia credere che non credere.
(Fedro, *Fabulae*, 3,10)

Il detto invita a non cadere nei due estremi opposti, ossia quello di credere a tutto ciò che ci viene detto e quello di non credere mai a nulla.

Per quae peccat quis per haec et torquetur.
Ognuno è punito per le colpe che ha commesso.
(Antico Testamento, *Sapienza*, 11,16)

Il detto indica che ognuno deve prendersi la responsabilità delle proprie azioni e ammettere le proprie colpe, perché solo per quelle sarà punito.

Primum esse beatum qui per se sapiat, secundum qui sapientem audiat.
In primo luogo è felice chi di per sé è saggio, in secondo luogo chi ascolta il saggio.
(S. Girolamo, *Commento a Isaia*, 2,3,3)

Sentenza adatta a un ambito dotto, che indica l'importanza della saggezza o di saper ascoltare i consigli dei saggi.

Primum vivere, deinde philosophari.
Prima bisogna vivere e poi filosofare.

La massima, attribuita a Hobbes, ma già presente in Aristotele, può essere intesa sia in generale come un'affermazione del primato dell'attività pratica su quella teoretica, sia nel senso che la vera filosofia deve fondarsi sulla testimonianza di vita del filosofo.

Proba merx facile emptorem reperit.
La merce buona trova facilmente un compratore.
(Plauto, *Poenulus*, v. 342)

Le parole sono rivolte come scherzoso ammonimento a una bella fanciulla che non ha bisogno di farsi ammirare. Più in generale, il detto indica che chi ha dei meriti o delle doti riesce a emergere facilmente.

Quae sunt certa tene, quae sunt incerta relinque.
Tieni ciò che è certo e lascia andare ciò che è incerto.
(PROVERBIO MEDIEVALE)

Invito a non sprecare il tempo in attività poco sicure o incerte.

Quales in republica principes essent, tales reliquos solere esse cives.
Quali sono i capi nello stato, tali sono gli altri cittadini.
(CICERONE, *Epistulae ad familiares*, 1,9)

Il detto esprime la constatazione che i cittadini sono come i loro governanti ed esorta, quindi, i capi di stato a essere per loro un buon esempio.

Quem dii diligunt / adulescens moritur.
Muore giovane colui che gli dei amano.
(PLAUTO, *Bacchides*, vv. 816-817)

Espressione molto diffusa, forse come consolazione per una morte prematura.

Qui addit scientiam addit et laborem.
Chi aumenta la conoscenza aumenta anche il dolore.
(ANTICO TESTAMENTO, *Ecclesiaste*, 1,18)

Aumentando il sapere aumenta infatti anche la consapevolezza del dolore insito nella condizione umana.

Qui amat periculum in illo peribit.
Chi ama il pericolo perirà in esso.
(ANTICO TESTAMENTO, *Siracide*, 3,26)

Il detto è tuttora citato come invito alla prudenza.

Quid sit futurum cras, fuge quaerere.
Fuggi dal chiedere ciò che sarà domani.
(ORAZIO, *Odi*, 1,9,13)

Orazio invita a non chiedere cose che non potranno avere una risposta e a non voler andare oltre le facoltà umane.

PERLE DI SAGGEZZA

163

Quod sis, esse velis nihilque malis.
Devi voler essere quello che sei e nulla di più.
(MARZIALE, *Epigrammi*, 10,47,12)

Massima dal grande valore morale ed educativo che invita alla conoscenza di se stessi per poter raggiungere la piena realizzazione
della propria personalità.

Quoniam non potest id fieri quod vis / id velis quod possit.
Dato che non può accadere ciò che vuoi, cerca di volere ciò che è possibile.
(TERENZIO, *Andria*, v. 305)

Espressione che esorta ad avere un atteggiamento realistico.

Saepe etiam est olitor valde opportuna locutus.
Anche l'ortolano seppe dire talvolta cose molto opportune.
(ERASMO, *Adagia*, 1,6,1)

Il detto è un invito a non sottovalutare la saggezza delle persone
semplici o poco istruite.

Senem juventus pigra mendicum creat.
Una gioventù pigra rende mendichi da vecchi.
(PROVERBIO MEDIEVALE)

Bisogna lavorare da giovani per potersi mantenere da vecchi.

Si hortum in bibliotheca habes, deerit nihil.
Se accanto alla biblioteca ci sarà un giardino,
non ci mancherà nulla.
(CICERONE, *Epistulae ad familiares*, 9,4)

Cicerone allude ai due simboli fondamentali del nutrimento spirituale e materiale, entrambi necessari all'uomo in egual misura.

Similia similibus curentur.
Ogni cosa sia curata con il suo simile.

È il motto della medicina omeopatica.

Sine pennis volare haud facile est.
Non è facile volare senza ali.
(PLAUTO, *Poenulus*, v. 871)

Il detto indica il voler affrontare un'azione senza i mezzi adeguati.

Suave... e terra magnum alterius spectare laborem.
È dolce vedere dalla terraferma il grande affanno altrui.
(LUCREZIO, *De rerum natura*, 2,1-2)

Il verso descrive lo stato d'animo tranquillo e sicuro di chi dalla terraferma vede i marinai che affrontano la tempesta.

Sufficit mihi conscientia mea; non curo quid loquantur homines.
Mi basta la mia coscienza, non mi curo di quello che dicono gli uomini.
(S. GIROLAMO, *Epistole*, 123,15)

La massima indica che una coscienza pulita e in pace con se stessa non deve temere le calunnie degli uomini.

Sunt facta verbis difficiliora.
I fatti sono più difficili delle parole.
(CICERONE, *Epistulae ad Quintum fratrem*, 1,4,5)

Il detto riprende il motivo assai diffuso secondo cui le cose sono più facili a dirsi che a farsi.

Taciturnitas stulto homini pro sapientia est.
Il tacere è la saggezza dello sciocco.
(PUBLILIO SIRO, *Sententiae*, T 2)

Poiché nessuno si accorgerà che egli è tale.

Timendi sit causa nescire.
Il non sapere è motivo di timore.
(SENECA, *Naturales quaestiones*, 6,3,4)

Il detto si ricollega al topos secondo cui la conoscenza di un pericolo o di un'impresa difficile ne riduce in parte il timore.

Totidem hostes esse quot servos.
Quanti sono i servi, altrettanti sono i nemici.
(SENECA, *Epistulae morales ad Lucilium*, 47,5)

Un rapporto di sudditanza e subordinazione crea sempre malcontento e, quindi, inimicizie.

Tranquillas etiam naufragus horret aquas.
Il naufrago teme anche il mare tranquillo.
(OVIDIO, *Epistulae ex Ponto*, 2,7,8)

Il detto si usa per esprimere la paura di ricadere in un pericolo anche quando non ci sono le condizioni che ciò accada.

Tristis eris si solus eris.
Sarai triste se sarai solo.
(OVIDIO, *Remedia amoris*, 583)

L'espressione può essere citata come esortazione, soprattutto per gli introversi, a non chiudersi in se stessi, perché la solitudine è una triste condizione.

Ubi maior, minor cessat.
Di fronte a chi vale di più il minore deve cedere il passo.
(PROVERBIO MEDIEVALE)

Il detto significa che bisogna sapersi tirare in disparte nei confronti di chi sa di più, è più anziano o vale di più.

Usus magister est optimus.
L'esperienza pratica è un'ottima maestra.
(CICERONE, *Pro Rabirio Postumo*, 4,9)

La frase è citata per indicare l'importanza dell'esperienza pratica.

Venienti occurrite morbo.
Ponete rimedio al male che avanza.
(PERSIO, *Satire*, 3,64)

L'espressione può essere citata come esortazione a intervenire tempestivamente e a bloccare sul nascere una malattia o un evento negativo.

Veritas in omnem sui partem semper eadem est.
La verità è sempre la stessa in ogni sua parte.
(SENECA, *Epistulae morales ad Lucilium*, 79,18)

Espressione filosofica adatta a un ambito dotto.

Veritas premitur, non opprimitur.
La verità può essere oppressa, non soppressa.
(PROVERBIO MEDIEVALE)

Sentenza citabile per dire che prima o poi la verità emerge sempre.

Vetat artem pudere proloqui quam factites.
Non bisogna vergognarsi di parlare del mestiere che si fa.
(CICERONE, *Orator*, 43,147)

Qualsiasi mestiere infatti, anche il più umile, ha la sua importanza
e, se lo si esercita onestamente, non c'è motivo di vergogna.

**Vi opprimi in bona causa est melius
quam malae cedere.**
*È meglio perire difendendo una buona causa
che cedere a un'ingiustizia.*
(CICERONE, *De legibus*, 3,15,34)

Citazione adatta a ogni situazione in cui vi sia contrasto tra l'agire
secondo giustizia e una scelta meno rischiosa.

Vitam regit fortuna, non sapientia.
La vita è retta dalla fortuna, non dalla saggezza.
(CICERONE, *Tusculanae disputationes*, 5,9,25)

Il detto significa che, talvolta, gli uomini danno maggiore importanza alla fortuna che alla saggezza.

Vivere, mi Lucili, militare est.
Vivere, caro Lucilio, significa combattere.
(SENECA, *Epistulae morales ad Lucilium*, 96,5)

La vita è, infatti, una lotta costante per migliorare la propria
condizione e cercare di realizzare se stessi.

PROVERBI
E MODI DI DIRE

A capillis usque ad ungues.
Dalla testa ai piedi.
(PLAUTO, *Epidicus*, 623; CICERONE, *Pro Roscio*, 7,20)

L'espressione, con leggere variazioni, era molto diffusa nella latinità per indicare una cosa, un avvenimento nella sua totalità.

Addito salis grano.
Con l'aggiunta di un granellino di sale.
(PLINIO IL VECCHIO, *Naturalis Historia*, 23,77,3)

Espressione da cui deriva il comune *cum grano salis*, ossia "con un pizzico di buonsenso".

Alea iacta est!
Il dado è tratto!
(SVETONIO, *Vita di Cesare*, 32)

Frase pronunciata da Cesare oltrepassando il Rubicone e contravvenendo, così, agli ordini del senato. Oggi si dice quando ormai tutto è stato deciso e non si può più tornare indietro.

Amor ac deliciae generis humani.
Amore e delizia del genere umano.
(SVETONIO, *Vita di Tito*, 1)

È la frase con cui l'autore caratterizza l'imperatore Tito in contrasto con l'espressione *odium generis humani,* accusa in nome della quale egli perseguitava i cristiani.

Aquae et ignis interdictio.
Esclusione dall'acqua e dal fuoco.
(CICERONE, *Pro domo sua*, 78)

Nell'antica Roma questa espressione indicava un provvedimento con cui si privava della cittadinanza chi si era macchiato di gravi reati. Oggi è usata come sinonimo di esilio.

Artificia docuit fames.
La fame insegna gli espedienti.
(SENECA, *Epistulae morales ad Lucilium*, 15,7)

È uno dei tanti motti sulla necessità e la povertà come stimoli a trovare il modo per andare avanti.

Audentes fortuna iuvat.
La fortuna aiuta gli audaci.
(VIRGILIO, *Eneide*, 10,284)

Nel Medioevo il detto è stato così completato: *timidosque repellit,* ossia "e respinge i timorosi".

Audi, vide, tace, si vis vivere in pace.
Ascolta, guarda e taci se vuoi vivere in pace.
(PROVERBIO MEDIEVALE)

Motto che invita a non occuparsi delle cose altrui e a badare agli affari propri.

Aurea mediocritas.
Un giusto equilibrio.
(ORAZIO, *Odi*, 2,10,5)

Anche se l'espressione oraziana è oggi spesso usata per indicare chi vive "senza infamia e senza lode", la *mediocritas* non è la nostra "mediocrità", ma, secondo l'insegnamento della filosofia epicurea, il rifiuto di ogni eccesso.

Aut Caesar aut nihil.
O Cesare o niente.

Motto di Cesare Borgia che ben si adatta a coloro che non accettano altra posizione che non sia quella di assoluta preminenza (vedi anche *Borgia Caesar erat, factis et nomine caesar*).

Ave Caesar, morituri te salutant.
Salve, Cesare, coloro che stanno per morire ti salutano.
(SVETONIO, *Vita di Claudio*, 21)

Frase rivolta dai gladiatori all'imperatore e usata oggi in tono scherzoso, per sdrammatizzare, quando si sta per intraprendere un'azione dall'esito incerto (per es. prima di un esame).

Beati monoculi in terra caecorum.
Beati i guerci nella terra dei ciechi.
(PROVERBIO MEDIEVALE)

Massima molto diffusa per dire che anche le persone poco dotate sono dei geni, se poste a confronto con persone ancora più scarse.

Bis ad eundem [lapidem offendere].
Inciampare due volte nello stesso sasso.
(CICERONE, *Epistulae ad familiares*, 10,20,2)

L'espressione significa incorrere due volte nel medesimo errore.

Bona existimatio pecuniis praestat.
La stima vale più delle ricchezze.
(DETTO MEDIEVALE)

È importante ciò che si è e non ciò che si possiede.

Bonum est duabus fundari navem ancoris.
È bene che la nave faccia affidamento su due ancore.

Motto che raccomanda la prudenza.

Borgia Caesar erat, factis et nomine caesar.
Cesare Borgia fu cesare di nome e di fatto.

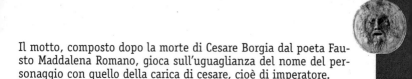

Il motto, composto dopo la morte di Cesare Borgia dal poeta Fausto Maddalena Romano, gioca sull'uguaglianza del nome del personaggio con quello della carica di cesare, cioè di imperatore.

Carbonem pro thesauro invenimus.
Trovammo carbone anziché il tesoro.

Proverbio, derivato da una favola di Fedro, usato per esprimere una grande delusione.

Cineres evitans in carbones incidit.
Chi evita la cenere cade nella brace.
(PROVERBIO MEDIEVALE)

Corrisponde esattamente al nostro motto "cadere dalla padella nella brace".

Commune naufragium omnibus solatio est.
Naufragare insieme è di comune sollievo.
(PROVERBIO MEDIEVALE)

Espressione simile al nostro "mal comune mezzo gaudio".

Commune periculum concordiam parit.
Il pericolo comune genera la concordia.
(PROVERBIO)

Espressione citata in quelle situazioni – politiche, sociali, scolastiche – in cui si accantonano le divergenze per condurre un'azione comune ed efficace contro l'avversario.

Contraria contrariis curentur.
I contrari si curino coi contrari.

Motto della medicina classica, usato anche al di fuori dell'ambito medico, per esprimere la necessità di azioni contrarie per ottenere determinati effetti.

Corruptio optimi pessima.
La corruzione di quel che era ottimo è la peggiore di tutte.
(S. GREGORIO MAGNO, *Moralia in Job*)

Espressione divenuta proverbiale per indicare che quanto più una persona o un'istituzione è buona, tanto più è grave la sua degenerazione.

Cui prodest scelus, is fecit.
Ha commesso il delitto colui che ne ha tratto vantaggio.
(SENECA, *Medea*, v. 500)

Espressione usata oggi soprattutto nella forma abbreviata *cui prodest?* (vedi glossario) per dire che i responsabili di un crimine vanno cercati tra coloro che potevano trarne vantaggio.

Culpam poena premit comes.
La punizione incalza la colpa.
(ORAZIO, *Odi*, 4,5,24)

Espressione dal significato simile al nostro detto "Le bugie hanno le gambe corte".

Cum Romae fueritis, romano vivite more.
Quando sarai a Roma vivrai all'uso romano.
(PROVERBIO)

Il detto corrisponde al nostro "paese che vai usanze che trovi", ma invita anche ad adattarsi alle usanze di un paese se si deve soggiornarvi a lungo.

De caelo in caenum.
Dal cielo nel fango.
(TERTULLIANO, *De spectaculis*, 25,5)

Espressione in uso per indicare il drastico peggioramento di una situazione.

De calcaria in carbonariam pervenire.
Finire dalla fornace per la calce in quella per il carbone.
(TERTULLIANO, *De carne Christi*, 6)

Il detto si riferisce a coloro che, cercando di fuggire un pericolo o una difficoltà, incorrono in situazioni peggiori ed equivale al nostro "finire dalla padella nella brace".

De duobus malis semper minus est eligendum.
Fra due mali bisogna scegliere quello minore.
(TOMMASO DA KEMPIS, *De imitatione Christi*, 3,12,2)

Massima di filosofia spicciola e pratica applicabile sia alle decisioni più banali sia a quelle più importanti.

De gustibus non est disputandum.
Sui gusti non si disputa.

Famosissimo motto del latino volgare, tuttora assai diffuso in italiano per invitare alla tolleranza dei gusti altrui.

Dicere perfacile est, opus exercere molestum.
Dire è facilissimo, mettere in pratica arduo.
(PROVERBIO MEDIEVALE)

Il detto corrisponde esattamente al nostro "tra il dire e il fare c'è di mezzo il mare".

Dimidium facti qui coepit habet.
Chi ha cominciato ha compiuto metà dell'opera.
(ORAZIO, *Epistole*, 1,2,40)

Variazione sul tema della difficoltà degli inizi; per questo si dice che "chi ben comincia è a metà dell'opera".

Domus propria, domus optima.
Casa propria, casa ottima.
(DETTO MEDIEVALE)

Detto che trae origine da una favola di Esopo, diffuso oggi per dire che si sta bene solo a casa propria.

Dulce bellum inexpertis, expertus metuit.
La guerra è attraente per chi non ne ha esperienza,
ma chi la conosce la teme.
(PROVERBIO MEDIEVALE)

Questo è il motivo per cui la guerra trova in genere più opposizione tra i vecchi piuttosto che tra i giovani.

Dum excusare credes, accusas.
Credendo di scusarti ti accusi.

L'espressione, attribuita a S. Gerolamo, ha lo stesso significato della più nota *excusatio non petita, accusatio manifesta*, ovvero che se uno non ha compiuto nulla di male il fatto che si scusi o giustifichi è per lo meno sospetto.

Dum ferrum candet, cudere quemque decet.
Finché il ferro è caldo bisogna batterlo.
(PROVERBIO MEDIEVALE)

Espressione famosissima che invita a non indugiare e a compiere un'azione finché sono presenti le condizioni favorevoli per realizzarla.

Dum Romae consulitur, Saguntum expugnatur.
Mentre a Roma si discute, Sagunto viene espugnata.

L'espressione, tratta probabilmente da Tito Livio, è citata in riferimento a temporeggiamenti e lungaggini, specie di tipo politico o burocratico, che impediscono l'intervento tempestivo ed efficace che è necessario nelle situazioni d'emergenza.

Dum spiro, spero.
Finché respiro, spero.
(DETTO MEDIEVALE)

Frase che, come la successiva *dum vivis sperare decet* esalta la speranza come ultima a morire.

Dum vivis sperare decet.
Finché si vive conviene sperare.
(MASSIMA MEDIEVALE)

Invito a non lasciarsi mai abbattere e a non abbandonare la speranza. È il nostro classico "finché c'è vita c'è speranza".

Eandem incudem diu noctuque tundendo.
Battendo giorno e notte sulla stessa incudine.
(AMMIANO MARCELLINO, *Rerum gestarum libri*, 18,4,2)

Espressione usata per indicare persone molto insistenti, che alla fine riescono nella loro opera di convinzione.

Epistula enim non erubescit.
Una lettera infatti non arrossisce.
(CICERONE, *Epistulae ad familiares*, 5,12,1)

Espressione che può valere come consiglio ai timidi: se non se la sentono di esprimere a voce i propri sentimenti... scrivano una bella letterina.

E pluribus unum.
Da molti uno solo.

Espressione che non appartiene al latino classico e fu scelta come motto dagli Stati Uniti d'America quando si formarono a partire dalle tredici ex-colonie inglesi. È ancora presente sulle banconote e monete di quel paese.

Equi dentes inspicere donati.
Guardare i denti del caval donato.
(PROVERBIO POPOLARE)

Noi diciamo "a caval donato non si guarda in bocca", notissimo proverbio che designa chi fa lo schizzinoso anche con le cose ricevute in dono.

Esuriens stomachus fertur coquus optimus esse.
La fame è il miglior cuoco che vi sia.
(PROVERBIO MEDIEVALE)

Ennesima variazione sul tema che quando si ha fame è buono qualsiasi cibo.

Etiam capillus unus habet umbram suam.
Anche un solo capello ha la sua ombra.
(PUBLILIO SIRO, *Sententiae*, E 13)

Espressione dai molti significati: nulla va disprezzato perché anche le cose più piccole possono essere utili, oppure anche i piccoli possono giovare o nuocere.

Excelsis multo facilius casus nocet.

*A chi sta molto in alto è assai più facile che la caduta pro-
vochi danni.*

(Publilio Siro, *Sententiae*, E 16)

Massima che riprende un motivo molto diffuso e invita a non
esaltarsi troppo nei momenti fortunati.

Excusatio non petita, accusatio manifesta.

Scusa non richiesta, accusa manifesta.

(motto medievale)

Espressione tuttora assai diffusa per dire che chi ha la coscienza a
posto non ha bisogno di troppe scuse per giustificarsi.

Exeant omnes!

Escano tutti!

Formula pronunciata in occasione del conclave quando il deca-
no invita tutti a uscire lasciando soli i cardinali. L'espressione è
oggi diffusa nel linguaggio comune per ordinare scherzosamente
lo sgombero di un locale.

Ex fimbria textura manifesta.

Dalla frangia si conosce il tessuto.

Concetto comune a una serie di proverbi per cui da un minimo
particolare si può comprendere la totalità e la qualità di una cosa
o una persona.

Ex nihilo crevit.

Venne su dal nulla.

Modo di dire che indica generalmente una persona che si è fatta
da sé.

Facilis ad lubrica lapsus est.

È facile cadere dove si scivola.

(Frontone, *Ad M. Antoninum de orationibus*, 12)

Il motto viene citato per indicare che, quando ci si espone ai pericoli, è facile avere dei guai.

Facis de necessitate virtutem.
Fai di necessità virtù.
(S. GIROLAMO, *Apologia adversus Rufinum*, 3,2)

Modo di dire famoso che indica l'accettare di fare pazientemente ciò a cui si è costretti e meglio ancora trasformarlo in occasione.

Fac si facis.
Se lo fai fallo subito.
(MARZIALE, *Epigrammi*, 1,46,1)

Motto assai diffuso per dire che se si deve fare qualcosa conviene farla subito, senza indugio.

Fama bona lente volat, mala fama repente.
Le buone notizie volano lente, quelle cattive veloci.
(PROVERBIO MEDIEVALE)

Frase molto impiegata nel linguaggio comune per dire che quando succede qualcosa di brutto si viene sempre a sapere, mentre le buone notizie, spesso più rare, tardano ad arrivare.

Fama crescit eundo.
La fama cresce man mano che si diffonde.

Motto famoso, desunto dal passo virgiliano che si cita subito dopo e tuttora in uso per indicare che man mano che una notizia si diffonde contemporaneamente ingigantisce e deforma i fatti.

Fama, malum qua non aliud velocius ullum.
La fama, un male di cui nessun altro è più veloce.
(VIRGILIO, *Eneide*, 4,174)

La fama (qui da intendersi come diffusione di una notizia o anche di una diceria) era già per gli antichi una personificazione della velocità.

Fama super aethera notus.
Noto per fama sino alle stelle.
(VIRGILIO, *Eneide*, 1,135)

Locuzione citata a proposito di persone molto famose.

Feriuntque summos / fulgura montes.
I fulmini colpiscono i monti più alti.
(ORAZIO, *Odi*, 2,10,11-12)

L'invito alla moderazione di Orazio è citato oggi per indicare che chi occupa posizioni elevate è più esposto ai rischi, all'invidia e alle avversità della fortuna.

Festina lente.
Affrettati con lentezza.
(SVETONIO, *Vita di Augusto*, 25,4)

Si tratta di un invito a fare le cose senza indugio ma con calma e ponderazione.

Fiat iustitia et pereat mundus!
Sia fatta giustizia e perisca pure il mondo!
(MOTTO DI FERDINANDO I D'ASBURGO)

Il detto è tuttora in uso per indicare l'atteggiamento di chi non si smuove da pur giuste questioni di principio anche se le conseguenze possono essere rovinose.

Finis coronat opus.
Il risultato è il coronamento dell'opera.
(PROVERBIO MEDIEVALE)

Questo detto riprende il motivo secondo cui le azioni vanno giudicate alla luce della loro conclusione.

Flamma fumo est proxima.
La fiamma è immediatamente vicina al fumo.
(PLAUTO, *Curculio*, v. 53)

L'espressione equivale al nostro "non c'è fumo senza arrosto" ed è un ammonimento a saper cogliere per tempo gli indizi di un pericolo.

Fortiter in re, suaviter in modo.
Energicamente nella sostanza, ma con dolcezza nel modo.

È un famoso motto dei gesuiti che indica la loro regola di condotta.

Fortuna caeca est.
La fortuna è cieca.
(Cicerone, *De amicitia*, 15,54)

L'espressione è famosissima e assai diffusa e sottolinea l'imprevedibilità della sorte.

Fortuna in homine plus quam consilium valet.
Per l'uomo la fortuna ha più importanza del senno.
(Publilio Siro, *Sententiae*, F 27)

La sentenza indica che anche l'uomo più avveduto nulla può contro la fortuna e la sorte.

Fortuna multis dat nimis, satis nulli.
La fortuna dà a molti troppo, a nessuno abbastanza.
(Marziale, *Epigrammi*, 12,10,2)

L'espressione si riferisce alle persone incontentabili che ritengono gli altri più fortunati.

Fortuna volubilis errat.
La fortuna vaga volubile.
(Ovidio, *Tristia*, 5,8,15)

Altra espressione famosissima che sottolinea l'imprevedibilità della fortuna.

Fur cognoscit furem, lupus lupum.
Il ladro conosce il ladro e il lupo il lupo.
(proverbio medievale)

Il detto sta a indicare che ognuno conosce bene i propri simili e sa, quindi, come prenderli.

Grex totus in agris / unius scabie cadit.
Un intero gregge in campagna perisce per la rogna di un solo animale.
(Giovenale, *Satire*, 2,79-80)

Immagine che indica la contagiosità del male e quindi la necessità di isolarlo tempestivamente.

Habent parvae commoda magna morae.
Piccoli indugi producono grandi vantaggi.
(OVIDIO, *Fasti*, 3,394)

Così Ovidio avverte coloro che vogliono affrettarsi a contrarre matrimonio. Più in generale, l'espressione può essere citata come invito alla prudenza e a non essere impulsivi.

Hac lupi hac canes.
Di qua lupi, di là cani.
(PLAUTO, *Casina*, v. 852)

Il detto indica una situazione assai pericolosa e delicata in cui si è stretti tra due possibilità entrambe rischiose.

Hic manebimus optime.
Qui resteremo benissimo.
(LIVIO, *Ab urbe condita*, 5,55)

Motto con cui i senatori di Roma decisero di ricostruire sulle macerie, anziché spostare a Veio, la città distrutta dai Galli. La frase è oggi molto diffusa nell'uso comune per indicare la ferma decisione di restare in un posto.

Hoc erat in votis.
Ciò era negli auspici.
(ORAZIO, *Satire*, 2,6,1)

Orazio si riferisce a una proprietà in Sabinia donatagli da Mecenate. La locuzione indica oggi la realizzazione di un desiderio conformemente alle aspettative.

Hoc opus, hic labor.
Questa è l'opera da compiere, questa è la fatica.
(VIRGILIO, *Eneide*, 6,129)

Sono le parole con cui la Sibilla Cumana avverte Enea sulle soglie dell'inferno che il difficile non è entrarvi ma uscirne. Oggi sono usate quando ci si trova di fronte a un punto cruciale di un'impresa o di un lavoro e si deve decidere se la fatica e le difficoltà da superare sono proporzionate all'esito prevedibile.

Humiles laborant ubi potentes dissident.
I deboli stanno male quando i potenti sono in lite.
(Fedro, *Fabulae*, 1,30,1)

Il detto compare nella favola in cui le rane, vedendo due tori lottare, temono di essere calpestate dallo sconfitto, come poi avviene.

Iam victi vicimus.
Già vinti abbiamo vinto.
(Plauto, *Casina*, v. 410)

Motto che indica la situazione di chi passa improvvisamente da una sconfitta a una vittoria.

Imbrem in cribrum legere.
Raccogliere l'acqua piovana col setaccio.
(Plauto, *Pseudolus*, v. 102)

L'espressione trae origine dalla pena delle Danaidi costrette a portare acqua con secchi forati e indica un'azione inutile e vana.

In diem vivere.
Vivere alla giornata.
(Cicerone, *Tusculanae disputationes*, 5,11,33)

Il detto è attestato anche in numerosi altri autori e si riferisce alle persone che non si preoccupano del domani.

Inimici hominis domestici eius.
I nemici dell'uomo sono i suoi familiari.
(Nuovo Testamento, *Vangelo di Matteo*, 10,36)

Tralasciando il significato religioso e teologico di tale espressione, essa può essere utilizzata per indicare i dissapori e le controversie che spesso sorgono all'interno delle famiglie.

In silvam... ligna feras.
Porteresti legna in un bosco.
(Orazio, *Satire*, 1,10,34)

Si tratta di una delle tante espressioni metaforiche per indicare un'azione vana e superflua.

Integer vitae scelerisque purus.
Irreprensibile e immune da crimini.
(Orazio, Odi, 1,22,1)

Orazio prosegue il discorso affermando che una tal persona non ha bisogno di armi; l'espressione può essere citata oggi per definire una persona onesta e integerrima.

Inter os et offam multa intervenire posse.
Fra bocca e boccone possono succedere molte cose.
(AULO GELLIO, *Noctes Atticae*, 13,18)

Il detto, che Gellio attribuisce a Catone, si riferisce alla possibilità che cambiamenti imprevisti possano avvenire anche all'ultimo istante.

Inter vepres rosae nascuntur.
Tra le spine nascono le rose.
(AMMIANO MARCELLINO, *Rerum gestarum libri*, 16,7,4)

È il motivo molto diffuso per cui anche in mezzo alle più grandi avversità può verificarsi qualcosa di positivo.

In tristitia hilaris, in hilaritate tristis.
Ilare nella tristezza, triste nell'ilarità.
(GIORDANO BRUNO, EPIGRAFE A *Il Candelaio*)

Il motto è citato oggi come invito a saper dominare sentimenti opposti ed eccessivi e a trovare il giusto equilibrio tra gioia e dolore.

In vino veritas.
Nel vino la verità.
(DETTO MEDIEVALE)

L'espressione non è attestata in questa forma nel latino classico, ma che il vino attenui i freni inibitori e riveli aspetti nascosti delle persone era cosa molta chiara a latini e greci antichi.

Is minimo eget mortalis qui minimum cupit.
Ha bisogni minori l'uomo che ha minori desideri.
(SENECA, *Epistulae morales ad Lucilium*, 108,11)

LE CITAZIONI

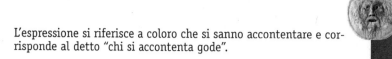

L'espressione si riferisce a coloro che si sanno accontentare e corrisponde al detto "chi si accontenta gode".

Licet quod cuique libet.
È lecito ciò che a ciascuno piace.
(CICERONE, *Filippiche*, 1,33)

L'espressione può essere utilizzata sia con valore positivo, per affermare l'assenza di qualsiasi costrizione, sia per stigmatizzare situazioni in cui il rispetto delle regole ha lasciato il posto all'assoluta licenza per ciascuno di fare quel che gli pare.

Longe fugit quisquis suos fugit.
Fugge lontano chi fugge i suoi.
(PETRONIO, *Satyricon*, 43,6)

L'espressione significa che chi abbandona coloro che più gli sono vicini rischia di rimanere del tutto isolato.

Ludus bonus non sit nimius.
Un bel gioco dura poco.
(PROVERBIO MEDIEVALE)

Equivale al nostro "Lo scherzo è bello finché dura poco"; è un invito alla moderazione e alla giusta misura che deve portare a non esagerare mai in nessuna cosa.

Magna promisisti, exhibe fidem.
Hai promesso molto, cerca di mantenerlo.
(SENECA, *Epistulae morales ad Lucilium*, 109,18)

L'espressione si riferisce a coloro che fanno grandi promesse che poi non mantengono.

Malam herbam non perire.
L'erba cattiva non muore mai.
(ERASMO, *Adagia*, 4,2,99)

Proverbio famosissimo che si pronuncia con una certa rassegnazione nei confronti delle persone malvagie e disoneste che, come la gramigna, crescono facilmente e sono difficili da estirpare.

Mala tempora currunt!
Corrono brutti tempi!

Il famoso detto è di origine volgare e non è attestato nei testi classici. Viene spesso citato come lamento o come esecrazione nei confronti dei tempi presenti.

Malo quod teneo quam quod spero.
Preferisco ciò che ho a ciò che spero.
(S. AGOSTINO, *Enarrationes in Psalmos*, 123,10)

L'espressione è un invito ad accontentarsi di ciò che si ha e corrisponde al nostro detto "meglio un uovo oggi che una gallina domani".

Malum quidem nullum esse sine aliquo bono.
Non vi è alcun male senza un po' di bene.
(PLINIO IL VECCHIO, *Naturalis Historia*, 27,2,9)

La massima ha un significato analogo al nostro detto "non tutti i mali vengono per nuocere".

Malus male cogitat.
Il malvagio pensa male.

Il proverbio significa sia che il malvagio architetta sempre azioni cattive, sia che pensa male degli altri giudicandoli simili a sé.

Manus manum lavat.
Una mano lava l'altra.
(PETRONIO, *Satyricon*, 45,13)

Espressione molto nota e diffusa che indica un rapporto basato su favori reciproci.

Maria montisque polliceri.
Promettere mari e monti.
(SALLUSTIO, *De Catilinae coniuratione*, 23,3)

Il detto è tuttora noto e pronunciato a proposito di chi fa grandi promesse pur sapendo di non poterle mantenere.

Mari terraque... quaeritat.
Va cercando per terra e per mare.
(Plauto, *Poenulus*, v. 105)

Modo di dire famosissimo il cui significato è quello di cercare una cosa alacremente e di non darsi pace finché non la si è trovata.

Medice, cura te ipsum!
Medico, cura te stesso.
(Nuovo Testamento, *Vangelo di Luca*, 4,23)

Il detto, divenuto famosissimo, deriva da un *midrash* ebraico ed è usato per condannare il comportamento di chi pretenderebbe di correggere i difetti altrui senza guardare ai propri.

Melius duo defendunt retinacula navim.
Due ormeggi proteggono meglio la nave.
(Properzio, *Elegie*, 2,22a,41)

L'espressione è un invito alla previdenza, a tenere sempre pronta una soluzione di riserva.

Melius est abundare quam deficere.
È meglio abbondare che scarseggiare.
(detto medievale)

L'espressione è famosissima e viene usata comunemente, tanto nel linguaggio quotidiano quanto in ambiti più colti, per indicare che quando non si è sicuri di raggiungere la giusta misura è meglio superarla piuttosto che rischiare di restarvi sotto.

Mendacia curta semper habent crura
Le bugie hanno sempre le gambe corte.
(proverbio medievale)

L'espressione famosissima è attestata già in Fedro e significa che le bugie prima o poi vengono scoperte.

Mens sana in corpore sano.
Una mente sana in un corpo sano.
(Giovenale, *Satire*, 10,356)

È uno dei detti latini più in uso nel linguaggio comune. Esso indica l'importanza dell'educazione fisica accanto a quella intellettuale.

Mors tua vita mea.
Morte tua vita mia.

L'espressione è di origine ignota e allude alla spietatezza dei rapporti umani per cui la morte di uno può costituire la salvezza dell'altro.

Mota quietare, quieta non movere.
Fermare ciò che è in moto, non muovere ciò che è fermo.

Il detto è la traduzione di un proverbio greco. Esso viene tuttora citato, talvolta solo nella sua seconda parte, come esortazione a lasciare le cose come stanno, altrimenti potrebbero verificarsi delle conseguenze negative.

Motus in fine velocior.
Il moto diventa più veloce verso la fine.
(PROVERBIO MEDIEVALE)

Il detto non è attestato nel latino classico, ma è comunque molto diffuso sia in riferimento alla caduta dei gravi, sia per indicare che, quando si è alla fine di un'operazione, il tempo sembra scorrere più velocemente.

Mutato nomine de te / fabula narratur.
Con diverso nome la storia parla di te.
(ORAZIO, *Satire*, 1,1,69-70)

L'espressione si riferisce al supplizio di Tantalo costretto a soffrire la fame e a non poter mangiare ciò che aveva davanti. Essa è oggi citata per indicare un'opera o un avvenimento che possa servire da insegnamento per tutti.

Navem perforare in qua ipse naviget.
Fare un buco nella nave in cui si naviga.
(QUINTILIANO, *Institutiones Oratoriae*, 8,6,47)

L'espressione indica un'azione assurda e autolesionista.

Nec caput nec pes sermoni apparet.
Il discorso non ha né capo né piedi.
(PLAUTO, *Asinaria*, v. 729)

Espressione famosa anche in italiano, citata in riferimento a discorsi privi di coerenza logica.

Necessitudo etiam timidos fortes facit.
Il bisogno rende forti anche i paurosi.
(SALLUSTIO, *De Catilinae coniuratione*, 58,19)

Infatti, quando è in gioco la loro sopravvivenza, gli uomini rivelano doti insospettate: è quel che si chiama "il coraggio della disperazione".

Nemo sapiens nisi patiens.
Nessuno è sapiente se non è paziente.
(PROVERBIO MEDIEVALE)

Il motto, che la rima rende semplice da ricordare, accomuna la saggezza e la pazienza, virtù tipiche del sapiente.

Nescit vox missa reverti.
La parola detta non può tornare indietro.
(ORAZIO, *Ars poetica*, 390)

Il detto può essere usato in tutte quelle situazioni in cui sfugge una parola di troppo.

Nihil esse utilius sale et sole.
Nulla è più utile del sale e del sole.
(PLINIO IL VECCHIO, *Naturalis Historia*, 31,102)

Commento fatto da Plinio osservando la pelle dei marinai, citato oggi dai fanatici della tintarella.

Nihil sub sole novum.
Nulla di nuovo sotto il sole.
(ANTICO TESTAMENTO, *Ecclesiaste*, 1,9)

Il detto biblico esprime la concezione secondo cui le esperienze umane fondamentali non mutano nel corso delle generazioni.

Nil est tam facile quod non fiat difficile si invitus facias.
Nulla è tanto facile che non sia difficile se lo fai contro-voglia.
(PSEUDO-BEDA, *Liber proverbiorum*, 90, 103)

Il detto pone l'accento sul fatto che ciò che si fa controvoglia riesce più difficile e pesante.

Nomen omen.
Il nome è un presagio.

La locuzione è usata per indicare una corrispondenza tra il nome e le qualità o le vicende della persona che lo porta (per es. il caso di qualcuno che si chiami Fortunato e lo sia realmente).

Nomina sunt consequentia rerum.
I nomi sono corrispondenti alle cose.

La frase ha origine in un passo delle *Institutiones* di Giustiniano che dice: *nos... consequentia nomina rebus esse studentes* ("noi cercando di far sì che i nomi corrispondano esattamente alle cose che essi designano"). Il detto fu poi ripreso da Dante per dire che a un nome dolce come "amore" non possono corrispondere che cose dolci.

Non credas vulgo, vulgus mutatur in hora.
Non credere al popolo, il popolo cambia di ora in ora.
(PROVERBIO MEDIEVALE)

Il detto riprende il motivo secondo cui il popolo non giudica razionalmente ma secondo l'umore del momento e, per questo, è pericoloso.

Non erat hic locus.
Non era il momento.
(ORAZIO, *Ars poetica*, 19)

Orazio si riferisce al poeta che cerca di cantare poesie solenni anche in situazioni non adatte. L'espressione si usa, quindi, a proposito di qualcosa che viene detto o fatto fuori luogo.

Non est ante edendum quam fames imperat.
Non si deve mangiare prima che non lo comandi la fame.
(SENECA, *Epistulae morales ad Lucilium*, 123,2)

Oltre a essere una norma salutare il detto costituisce un invito a fare le cose al momento opportuno.

Non est de sacco ista farina tuo.
Questa non è farina del tuo sacco.

Si tratta di un detto medievale, probabilmente una battuta scolastica, di origine ignota. Esso è comunque molto diffuso per indicare una copiatura.

Non omnibus aegris eadem auxilia conveniunt.
Non a tutti gli ammalati convengono gli stessi rimedi.
(CELSO, *De medicina*, 3,1)

L'espressione è citata anche in senso traslato a indicare che non per tutti sono adatti gli stessi metodi o gli stessi consigli.

Non reliquetur hic lapis super lapidem qui non destruatur.
Non resterà qui pietra su pietra che non venga diroccata.
(NUOVO TESTAMENTO, *Vangelo di Matteo*, 24,2)

Da tale versetto deriva l'espressione "non restare pietra su pietra" a indicare una cosa destinata a dissolversi.

Non rem publicam suam esse, sed se rei publicae.
Non a lui apparteneva la repubblica, ma lui alla repubblica.
(SENECA, *De clementia*, 1,19,8)

La formula può essere citata a proposito di uomini politici e di coloro che detengono il potere.

Nota mala res optuma est.
Quando i mali sono conosciuti è un'ottima cosa.
(PLAUTO, *Trinummus*, v. 63)

Il significato è assai simile al detto "uomo avvisato mezzo salvato".

Nox consilium dabit.
La notte porta consiglio.
(PROVERBIO MEDIEVALE)

Il detto è di origine greca e si riferisce al fatto che la notte, con la sua tranquillità e magari con qualche sogno premonitore, favorisce la presa di decisioni importanti.

Nullum delectet vicini quod domus ardet.
A nessuno fa piacere che bruci la casa del vicino.
(PROVERBIO MEDIEVALE)

Perché l'incendio potrebbe propagarsi anche alla nostra. L'espressione invita, dunque, a imparare anche dalle sventure altrui.

Nullus est tam tutus quaestus quam quod habeas parcere.
Nessun guadagno è così sicuro quanto risparmiare ciò che si ha.
(PUBLILIO SIRO, *Sententiae*, N 5)

Detto molto appropriato da rivolgere agli spendaccioni.

Numerantur enim sententiae, non ponderantur.
I voti si contano, non si pesano.
(PLINIO IL GIOVANE, *Epistole*, 2,12,5)

Il concetto espresso da questa frase è oggi ripreso, in ambito politico, per affermare il principio democratico dell'uguaglianza di ogni voto.

Numquam est fidelis cum potente societas.
L'alleanza con un potente non è mai degna di fede.
(FEDRO, *Fabulae*, 1,5,1)

L'espressione deriva dalla favola della *Leonina societas* (vedi glossario) e mette in guardia dal contrarre alleanze con i più potenti, in quanto risultano svantaggiose.

Oculum pro oculo et dentem pro dente.
Occhio per occhio e dente per dente.
(ANTICO TESTAMENTO, *Esodo*, 21,24)

L'espressione, nota anche come "legge del taglione", è oggi citata per indicare un senso della giustizia basato sulla vendetta del torto subito. Alla legge mosaica, Cristo contrapporrà quella basata sul perdono e sulla misericordia.

Oculus domini saginat equum.
L'occhio del padrone ingrassa il cavallo.

Il detto deriva dalla tradizione aristotelica secondo cui la presenza del padrone rende più fertile il campo o più belli gli animali, ma può essere citato più in generale per dire che nessuno meglio di noi può curare i nostri interessi.

Omnium rerum principia parva sunt.
I principi di tutte le cose sono piccoli.
(CICERONE, *De finibus*, 5,58)

L'espressione si rifà al motivo che dalle piccole cose nascono le grandi e che gli inizi sono sempre duri e difficili.

Par pro pari referto.
Restituire pari per pari.
(TERENZIO, *Eunuchus*, v. 445)

L'espressione indica il ricambiare esattamente con ciò che si è ricevuto ed è assai simile al nostro detto "rendere la pariglia".

Parva sed apta mihi.
Piccola ma adatta a me.

La frase, divenuta famosa e usata per indicare ogni cosa che sia adatta alla propria persona, fu fatta apporre da Ariosto sulla propria casa.

Patria est ubicumque est bene.
La patria è ovunque si stia bene.
(PACUVIO)

La sentenza di Pacuvio, riportata da Cicerone (*Tusculanae disputationes*, 5,37,108) è di origine greca ed è divenuta famosa perché ripresa ne *I promessi sposi*, dove viene pronunciata da don Abbondio.

Pauci sed boni.

Pochi ma buoni.

L'espressione invita a privilegiare la qualità rispetto alla quantità, sia per quanto riguarda i beni materiali, sia riguardo ad altri ambiti come amicizia, attività ecc.

Per aspera ad astra.

Attraverso le asperità fino alle stelle.

Famosissimo motto, citato per dire che il successo si raggiunge soltanto con fatica e superando molte difficoltà.

Perinde ac cadaver.

Nello stesso modo di un cadavere.

È un motto dei Gesuiti che indica la totale e acritica ubbidienza a un'autorità.

Per varios casus, per tot discrimina rerum.

Attraverso varie avventure e ogni genere di vicissitudini.
(VIRGILIO, *Eneide*, 1,204)

L'espressione può essere usata per indicare eventi e momenti particolarmente travagliati.

Pinguius est lardum vicini semper in olla.

Nella pentola del vicino il lardo è sempre più grasso.
(PROVERBIO MEDIEVALE)

Noi diciamo "l'erba del vicino è sempre più verde".

Pira dum sunt matura sponte cadunt.

Le pere cadono da sole quando sono mature.
(MOTTO TARDOLATINO)

L'espressione è un'esortazione alla pazienza e a lasciare che le cose accadano al momento opportuno.

Piscis... saepe minutos / magnus comest.

Il pesce grande spesso mangia quelli piccoli.
(VARRONE, *Satire menippee*, 293,81,9)

LE CITAZIONI

L'espressione è tuttora molto diffusa per indicare la legge del più forte, che riesce sempre a rivalersi su chi è più debole.

Plures pastores sunt uno deteriores.
Più pastori sono peggio di uno solo.
(PROVERBIO MEDIEVALE)

Il detto significa che quando si è in tanti a prendere una decisione, le divergenze possono pregiudicare il risultato finale.

Potius sero quam numquam.
Meglio tardi che mai.
(LIVIO, *Ab urbe condita*, 4,2)

L'espressione è molto nota e viene usata per indicare che una soluzione anche all'ultimo momento è meglio che nessuna soluzione.

Prima digestio fit in ore.
La prima digestione avviene in bocca.
(SCUOLA SALERNITANA)

Già gli antichi avevano scoperto che mangiare adagio e masticare bene erano il presupposto per una buona digestione.

Procul a Iove, procul a fulmine.
Lontano da Giove, lontano dai fulmini.
(BINDER, *Novus thesaurus adagiorum latinorum*, PAG. 295)

Chi sta lontano dai potenti ne evita le ire e vive tranquillo.

Pulves et umbra sumus.
Siamo polvere e ombra.
(PROVERBIO MEDIEVALE)

Il detto continua così: *pulvis nihil est nisi fumus; / sed nihil est fumus: nos nihil ergo sumus* ("la polvere non è che fumo; ma il fumo non è nulla, quindi noi non siamo nulla").

Quaerite et invenietis.
Cercate e troverete.
(NUOVO TESTAMENTO, *Vangelo di Matteo*, 7,7)

Il versetto è un invito ad avere fiducia nella preghiera, ma più in generale può essere usato come esortazione a non arrendersi.

Quale ingenium haberes fuit indicio oratio.
Quale fosse la tua indole lo indicò il tuo discorso.
(TERENZIO, *Heautontimorumenos*, v. 392)

Il motto riprende il motivo secondo cui il modo di parlare rivela le caratteristiche della persona e può essere usato nei colloqui o nelle situazioni in cui si deve valutare qualcuno.

Qualis dominus, talis et servus.
Quale il padrone, tale anche il servo.
(PETRONIO, *Satyricon*, 58,4)

Il detto indica che chi è sottomesso tende ad acquisire le caratteristiche e anche i difetti dei superiori.

Qualis pater, talis filius.
Tale padre, tale figlio.

Questo famoso motto era diffuso nelle letterature classiche nella sua forma greca ed è oggi molto citato per indicare la somiglianza di un figlio al padre, soprattutto in riferimento a caratteristiche negative.

Qualis vita, talis et oratio.
Tale la vita, tale il modo di parlare.
(ANONIMO, *De moribus*)

Espressione adatta anche al linguaggio comune per esprimere l'identità tra modo di vivere e modo di parlare.

Quantum mutatus ab illo!
Com'era cambiato da quello di un tempo!
(VIRGILIO, *Eneide*, 2,274)

Sono le parole pronunciate da Enea quando gli compare in sogno il fantasma di Ettore. Oggi l'espressione è citata per indicare un grave peggioramento dell'aspetto fisico o della costituzione morale di una persona.

Qui acceperint gladium gladio peribunt.
Chi di spada ferisce di spada perisce.
(Nuovo Testamento, *Vangelo di Matteo*, 26,52)

Notissima espressione per indicare che il male fatto ad altri verrà ripagato con la stessa moneta.

Qui bene amat bene castigat.
Chi bene ama bene castiga.
(Proverbio medievale)

Massima educativa tuttora in uso per indicare che l'amore per una persona consiste anche nel correggerne gli errori.

Qui e nuce nuculeum esse volt, frangit nucem.
Chi vuole mangiare il gheriglio rompa la noce.
(Plauto, *Curculio*, v. 55)

Ossia chi vuole ottenere qualcosa deve essere disposto a fare quanto è necessario allo scopo, inclusi naturalmente gli eventuali sacrifici. Detto altrimenti: non esistono pasti gratis.

Qui habet aures audiendi audiat.
Chi ha orecchi per intendere intenda.
(Nuovo Testamento, *Vangelo di Matteo*, 11,15)

L'espressione è tuttora citata come ammonimento a non far finta di non sentire o di non capire quanto si dice.

Qui non est mecum contra me est.
Chi non è con me è contro di me.
(Nuovo Testamento, *Vangelo di Matteo*, 12,30)

Il detto evangelico è oggi comunemente usato con valore polemico nei confronti di chi assume atteggiamenti di equidistanza o indifferenza riguardo a scelte morali ineludibili.

Qui parcit virgae odit filium suum.
Chi risparmia il bastone odia suo figlio.
(Antico Testamento, *Proverbi*, 13,24)

L'utilizzo del bastone o le percosse sono un metodo educativo ormai superato, ma il senso dell'espressione è che voler bene significa anche correggere.

Qui sine peccato est vestrum, primus in illam lapidem mittat.
Chi di voi è senza peccato scagli per primo la pietra contro di lei.
(Nuovo Testamento, *Vangelo di Giovanni*, 8,7)

Versetto famosissimo che invita a non giudicare, in quanto il giudizio delle nostre azioni spetta soltanto a Dio.

Qui tacet consentire videtur.
Chi tace acconsente.
(Proverbio medievale).

Espressione famosissima e tuttora diffusa per definire un muto assenso.

Quod differtur non aufertur.
Ciò che si dilaziona non si perde.
(Arnobio il Giovane, *Commentarii in Psalmos*, 36)

La locuzione riprende un topos diffuso nell'antichità secondo cui rimandare qualcosa al momento più opportuno non è affatto perderlo.

Quod licet Iovi non licet bovi.
Ciò che è permesso a Giove non è permesso a un bove.
(Proverbio medievale)

Il detto è in genere citato per indicare che chi è ricco e potente può permettersi di fare cose vietate a chi non lo è, ossia che la legge non è uguale per tutti.

Rari nantes in gurgite vasto.
Rari nuotatori nel vasto gorgo.
(Virgilio, *Eneide*, 1,118)

Il detto si riferisce ai pochi superstiti della bufera che travolse la nave di Enea ed è oggi usato come simbolo di una rovina dalla quale è difficile salvarsi, o riguardo a persone disperse in un vasto ambiente o nella folla, o ancora per evidenziare l'abilità di chi è riuscito a trarsi in salvo in circostanze terribili.

Reddite ergo quae sunt Caesaris Caesari et quae sunt Dei Deo.
Date dunque a Cesare quel che è di Cesare
e a Dio quel che è di Dio.
(NUOVO TESTAMENTO, *Vangelo di Matteo*, 22,21; *Vangelo di Luca*, 20,25; *Vangelo di Marco*, 12,17)

Detto famosissimo e molto citato sia per esprimere l'onestà morale e intellettuale che impone di rendere a ciascuno i propri meriti, sia per affermare la separazione tra Stato e Chiesa.

Respice finem.
Bada a come può finire.
(PROVERBIO MEDIEVALE)

Il motto esorta a considerare e a cercare di prevedere le conseguenze delle proprie azioni.

Res valet, ars praestat, si res perit, ars mihi restat.
I beni hanno valore, il mestiere ancora di più:
se i beni finiscono il mestiere resta.
(PROVERBIO MEDIEVALE)

Motto molto orecchiabile che sottolinea l'importanza di saper fare un mestiere per poter contrastare le avversità della sorte.

Rex regnat, sed non gubernat.
Il re regna, ma non governa.

Si tratta del rimprovero rivolto da Jan Zamoyski al re di Polonia Sigismondo III (1587-1632) che governava con poteri assoluti. Il motto fu poi ripreso da Louis-Adolphe Thiers nel 1830 per indicare che il re è la suprema autorità, ma non ha alcun potere politico-amministrativo e in questo senso può valere come formula riassuntiva del principio su cui si basano le monarchie costituzionali.

Risus abundat in ore stultorum.
Il riso abbonda sulla bocca degli stolti.

Si tratta di un motto del latino volgare, attestato anche in epoca classica e che condanna la risata inopportuna.

Sacra miscere profanis.
Mescolare le cose sacre alle profane.
(ORAZIO, *Epistole*, 1,16,54)

Il detto è usato oggi nel senso di fare confusione, mettendo sullo stesso piano cose o questioni che devono restare distinte.

Semel in anno licet insanire.
Una volta all'anno è lecito fare i pazzi.
(PROVERBIO MEDIEVALE)

L'espressione si usa oggi per lo più in riferimento al carnevale, ma anche per dire che ogni tanto è concesso a tutti commettere qualche pazzia.

Sero in periclis est consilium quaerere.
È tardi chiedere consiglio quando ci si trova in pericolo.
(PUBLILIO SIRO, *Sententiae*, S 42)

Il detto si riferisce a persone imprudenti che si accorgono di aver bisogno dell'aiuto altrui solo quando ormai è già tardi.

Sicut erat in principio.
Così com'era in principio.

Tali parole fanno parte del *Gloria Patri* e vengono perlopiù dette scherzosamente a proposito di lavori o imprese che non progrediscono o situazioni che non migliorano.

Sine ira et studio.
Senza animosità e senza parzialità.
(TACITO, *Annales*, 1,1,3)

Espressione citata a proposito di un lavoro svolto in maniera obiettiva e senza coinvolgimenti emotivi.

Si parva licet componere magnis.
Se si possono confrontare le grandi cose con le piccole.
(Virgilio, *Georgiche*, 4,176)

Con tali parole Virgilio introduce il paragone tra il lavoro delle api per produrre il miele e quello dei ciclopi per preparare i fulmini. Il detto è ora usato nelle conversazioni (perlopiù nella forma abbreviata *si parva licet*), con una connotazione di modestia, quando si richiama un paragone di livello superiore.

Si quis non vult operari, nec manducet.
Se uno non vuol lavorare, neppure mangi.
(Nuovo Testamento, S. Paolo, *Lettera seconda ai Tessalonicesi*, 3,10)

Il detto è famosissimo e tuttora citato per dire che ognuno deve guadagnarsi il pane e dare il proprio contributo per non gravare sulle spalle degli altri.

Si vis pacem para bellum.
Se vuoi la pace prepara la guerra.
(Vegezio)

Motto celeberrimo, tratto dalla frase di Vegezio "*qui desiderat pacem, praeparet bellum*" (*Epitoma rei militaris*, 3), citato spesso per avallare la teoria che per mantenere la pace è necessario incutere timore nell'avversario ed essere pronti alla guerra.

Spemque metumque inter dubii.
Incerti fra la speranza e il timore.
(Virgilio, *Eneide*, 1,218)

Enea e i compagni, dopo il naufragio, sperano che i compagni siano ancora vivi, ma li temono morti. L'espressione è oggi citata per designare momenti di grande incertezza.

Spes ultima dea.
La speranza è l'ultima dea.
(MOTTO TARDOLATINO)

È l'equivalente del nostro "la speranza è l'ultima a morire".

Sub figura corporis mortui.
A guisa di cadavere.
(S. FRANCESCO D'ASSISI)

È la metafora, riportata da Tommaso da Celano (*Vita secunda,* 152,3), con cui S. Francesco invita a seguire letteralmente i precetti evangelici. Da questo motto deriverà il *perinde ac cadaver* dei gesuiti (vedi).

Sunt usus rerum totidem, quot climata mundi.
Sono tanti gli usi quante le regioni del mondo.
(PROVERBIO MEDIEVALE)

È il nostro "paese che vai, usanze che trovi".

Surge et ambula.
Alzati e cammina.
(NUOVO TESTAMENTO, *Vangelo di Matteo,* 9,5)

Sono le parole che Gesù dice al paralitico e vengono usate oggi come incitamento a fare qualcosa.

Sutor, ne ultra crepidam!
Ciabattino, non (andare) oltre le scarpe!

L'espressione deriva da un brano di Plinio il Vecchio (*Naturalis Historia,* 35,85), secondo il quale sarebbe stata questa la risposta del pittore Apelle a un ciabattino che criticava non solo come Apelle aveva dipinto le scarpe, ma l'intero quadro. La locuzione è usata, quindi, come esortazione a pronunciarsi soltanto sulle cose di cui si è veramente competenti.

Suus rex reginae placet, sua cuique sponsa sponso.
A ogni regina piace il suo re, a ogni sposo la sua sposa.
(PLAUTO, *Stichus,* v. 133)

Il detto esprime la varietà e il relativismo dei gusti.

Talis hominibus fuit oratio qualis vita.
Negli uomini tale è il modo di parlare quale quello di vivere.
(SENECA, *Epistulae morales ad Lucilium,* 114,1)

Si tratta di un proverbio di derivazione greca che riprende il tema dell'identità tra parola e vita.

Trahit sua quemque voluptas.
Ognuno è attratto da ciò che gli piace.
(VIRGILIO, *Bucoliche*, 2,65)

Ciò che corrisponde ai nostri gusti ha una forza d'attrazione pressoché irresistibile.

Tua res agitur, paries cum proximus ardet.
Quando arde la casa vicina è una cosa che ti riguarda.
(ORAZIO, *Epistole*, 1,18,84)

Il detto è un invito a guardare fuori dal proprio orticello, a cogliere segni di un pericolo imminente e a prendere in tempo i provvedimenti necessari.

Tu quoque, Brute, fili mi?
Anche tu, Bruto, figlio mio?
(SVETONIO, *Vita di Cesare*, 82)

Parole rivolte da Cesare a Bruto, che considerava un suo prediletto, nel vederlo tra i congiurati. L'espressione si usa rivolgendoci a persone dalle quali non ci aspetteremmo una cattiva azione o, come si suol dire, una pugnalata alle spalle.

Tu si hic sis, aliter sentias.
Se tu fossi nei suoi panni la penseresti diversamente.
(TERENZIO, *Andria*, v. 310)

L'espressione è un invito alla comprensione reciproca e alla riflessione sulle motivazioni che conducono le persone a determinate azioni.

Ut sementem feceris, ita metes.
Mieterai ciò che avrai seminato.
(CICERONE, *De oratore*, 2,65,261)

L'espressione può essere citata per indicare che si è responsabili delle conseguenze delle proprie azioni.

Valetudine firma nihil melius.
Non vi è nulla di meglio di una buona salute.
(PROVERBIO MEDIEVALE)

È il nostro: "quando c'è la salute c'è tutto".

Vanae voces populi
non sunt audiendae.
Non si deve dare ascolto alle dicerie del popolo.
(DIOCLEZIANO E MASSIMIANO, *De poenis*, 1,12,1)

Si tratta di un invito a non credere ai pettegolezzi e alle voci di strada.

Vas obsoletum de vino gignit acetum.
Il recipiente malconcio trasforma il vino in aceto.
(PROVERBIO MEDIEVALE)

L'espressione può essere usata in ambito educativo per indicare l'influenza deleteria di un contesto o di un ambiente negativo.

Veni, vidi, vici.
Venni, vidi, vinsi.
(SVETONIO, *Vita di Cesare*, 37)

Con tali parole Cesare comunicò a Roma la notizia della sua vittoria su Farnace II. Il detto è oggi usato a proposito di un'azione rapida ed efficace.

Ventum seminabunt et turbinem metent.
Poiché hanno seminato vento raccoglieranno tempesta.
(ANTICO TESTAMENTO, *Osea*, 8,7)

Tale versetto è oggi molto diffuso per indicare che ognuno ottiene quello che si merita.

Verba movent, exempla trahunt.
Le parole commuovono gli animi, gli esempi li trascinano.

Motto di origine ignota che sottolinea l'importanza di dare l'esempio, se si vuole che gli altri ci seguano.

Verba volant, scripta manent.
Le parole volano, gli scritti rimangono.
(PROVERBIO MEDIEVALE)

Motto famosissimo e tuttora citato per dire che non bisogna fidarsi di promesse fatte oralmente, ma bisogna mettere tutto per iscritto, o anche che non sempre si può basarsi sulla propria memoria, ma è meglio prendere appunti.

Versatur celeri fors levis orbe rotae.
La fortuna si muove col veloce giro di una ruota leggera.
(TIBULLO, *Elegie*, 1,5,70)

L'immagine della ruota, diffusa anche nella nostra cultura, esprime la volubilità della fortuna.

Vox clamantis in deserto.
Voce di uno che grida nel deserto.
(NUOVO TESTAMENTO, *Vangelo di Giovanni*, 1,23)

Con tali parole Giovanni il Battista definisce se stesso. Il versetto è tuttora citato nei confronti di chi ammonisce o predica inutilmente, senza essere ascoltato.

Vox populi, vox Dei.
Voce del popolo, voce di Dio.
(PROVERBIO MEDIEVALE)

Il detto compare per la prima volta in Alcuino ed indica che un'opinione condivisa da tutti non può essere falsa.

GLOSSARIO DELLE LOCUZIONI PIÙ COMUNI

A

Ab absurdo
Che discende da una premessa assurda

Partendo da una premessa o da un'ipotesi infondata, non si può che giungere a una conclusione errata e non vera.

Ab aeterno
Fin dall'eternità, da sempre

L'espressione è utilizzata soprattutto nel linguaggio teologico e indica eventi che sono stati predeterminati da Dio prima dell'inizio del tempo e che si sono poi adempiuti.

Ab antiquo
Fin dall'antichità

Espressione usata per indicare norme, consuetudini e situazioni la cui origine risale assai indietro nei tempi e non ha, quindi, una datazione precisa.

Ab imis fundamentis
Dalle più basse fondamenta

Locuzione che si riferisce generalmente a opere di restauro, rifacimenti ecc. Indica un radicale rinnovamento a partire dai punti più bassi.

Ab immemorabili
Da tempo immemorabile

Termine giuridico usato per lo più con riferimento a uno stato di cose che risulti, a memoria d'uomo, essere sempre stato tale.

Ab imo pectore
Dal più profondo del cuore

Si usa per dire che si sta parlando con sincerità.

Ab incunabulis
Fin dalle fasce

Ossia fin dalla prima infanzia.

Ab initio
Fin dal principio, dalle origini

Ab intestato
Senza testamento

Ab origine
Fin dalle origini

Espressione riferita generalmente alla genealogia delle famiglie.

Ab ovo
Dall'uovo

Locuzione riferita oggi a discorsi in cui una storia viene raccontata incominciando, per lo più inutilmente, dalle più lontane origini.

A.C.
Abbreviazione di
Ante Christum

A contrario
(Muovendo) da un'ipotesi contraria

Acta
Atti, deliberazioni, relazioni ufficiali

Acta diurna
Fatti del giorno

Diario che si pubblicava giorno per giorno nell'antica Roma.

Actum est
È fatta

Locuzione usata per dire che le cose non possono più essere mutate.

Ad absurdum
Per assurdo

È un'espressione tipica del linguaggio filosofico e scientifico che indica quel procedimento intellettuale con il quale si dimostra la verità di una tesi presentando i risultati assurdi ai quali si giungerebbe se fosse valida la tesi contraria.

Ad abundantiam
In abbondanza

Oggi si intende nel senso di abbondare, fare o procurarsi qualcosa in più del necessario, per non trovarsi poi sprovvisti.

Ad adiuvandum
In aiuto

Formula usata nel linguaggio medico e giuridico per definire un'azione collaterale che contribuisce a ottenere meglio uno scopo.

Adde
Aggiungi

Voce che, negli atti notarili o nei documenti ufficiali, precede le postille aggiunte in calce a chiarimento o a integrazione di quanto detto prima.

Addenda
Da aggiungere

Si dice a proposito di aggiunte a un libro, a uno scritto ecc.

Ad experimentum
A titolo di esperimento, in via sperimentale

Ad hoc
A ciò

Espressione che si usa per indicare qualcosa di appropriato al contesto o una persona che risponde pienamente ai requisiti richiesti per un compito.

Ad honorem
A titolo di onore

L'espressione viene utilizzata quando si conferisce a qualcuno un riconoscimento per meriti particolari. La laurea *ad honorem*, per es., viene conferita a persone competenti e preparate in un determinato campo.

Ad horas
Entro poche ore

Si dice a proposito di qualcosa che deve svolgersi o essere realizzato con assoluta urgenza.

Ad interim
In via provvisoria

Indica un incarico o un impiego svolto per un periodo limitato di tempo, durante l'assenza del titolare o finché non ne subentra uno nuovo; per es.: "il ministro, il presidente *ad interim*".

A divinis
Dalle cose sacre

Formula usata nella locuzione "sospensione *a divinis*" per indicare la sospensione di un ecclesiastico dall'amministrazione dei sacramenti e dalla celebrazione della messa.

Ad libitum
A piacimento, a volontà

È una locuzione usata sia genericamente, sia nei vari linguaggi tecnici o settoriali. In musica, per es., indica che la durata dell'esecuzione viene demandata alla sensibilità interpretativa dell'esecutore.

Ad limina Petri
Al soglio di Pietro

Termine con cui si indica la periodica visita dei vescovi alla Santa Sede per riferire sullo stato delle loro diocesi e parrocchie.

Ad litteram
Alla lettera

Si dice di traduzioni aderenti parola per parola al testo originale.

Ad maiora
A cose maggiori, a successi più grandi

Formula con cui si augura, a chi ha raggiunto un certo traguardo o una certa posizione, successi ancora maggiori.

Ad maiorem Dei gloriam
Per la maggior gloria di Dio

Motto che si trova nelle iscrizioni della Chiesa e con il quale i Gesuiti intestano le loro lettere abbreviandolo A.M.D.G.

Ad memoriam
Alla memoria

Espressione usata quando si dedica una via, una targa, una lapide ecc. alla memoria di qualcuno che si è distinto per meriti particolari.

Ad mortem
Fino alla morte

Cioè fino a quando si è in vita.

Ad personam
Solo per una data persona

Si dice di ciò che è riservato a una singola persona e non può essere esteso ad altri. In senso più ampio può riferirsi a un provvedimento, a una legge, che pur avendo validità generale, nasce in funzione dell'interesse di una persona particolare.

Ad quem
Al quale

Formula del linguaggio giuridico e storico che indica un termine o un punto di riferimento finale (vedi anche *a quo*).

Ad quid?
A quale scopo? perché?

Ad referendum
Per riferire

Formula giuridica e diplomatica usata per dire che si deve riferire su un argomento.

Ad rem
Secondo l'argomento, a proposito

Si usa per esortare a restare aderenti al tema che si sta trattando, o a rispondere a tono a una domanda.

Ad tempus
A tempo, temporaneamente

Si usa in riferimento a ciò che ha una durata limitata e per cui viene fissata una data.

Ad usum Delphini
A uso del Delfino

L'espressione trae origine dall'edizione dei classici, emendata di tutte le parti ritenute sconvenienti, per l'istruzione del Gran Delfino, il figlio di Luigi XIV.

Oggi la locuzione viene usata per definire testi o spettacoli epurati, per fini pedagogici, di quelle parti che potrebbero essere motivo di scandalo, oppure, in senso lato, per indicare qualcosa che viene accomodato a beneficio di qualcuno.

Ad vitam
Per la vita

Si dice di cariche o condanne senza limiti di tempo.

Advocatus diaboli
Avvocato del diavolo

Nei processi di beatificazione è così chiamato chi ha il compito di confutare i propugnatori della beatificazione. Nel linguaggio comune indica chi in una questione cerca sempre di trovare obiezioni.

Aequo animo
Con animo retto o sereno

Si applica sia a giudizi imparziali sia a persone capaci di sopportare serenamente le avversità.

Aere perennius
Più duraturo del bronzo

Si dice di cosa destinata all'immortalità.

Affidavit
Assicurò, certificò

Voce usata per indicare una dichiarazione giurata, avente valore di prova, fatta davanti a un magistrato. Viene utilizzata anche nel linguaggio bancario nel senso di attestazione giurata.

A fortiori
A maggior ragione

Espressione usata nel linguaggio filosofico per sottolineare la rafforzata validità delle ragioni per cui un determinato concetto è vero.

Agenda
Le cose da fare

Taccuino o quaderno sul quale giorno per giorno si annotano gli impegni e le faccende da sbrigare.

Ager publicus
Agro pubblico

Espressione che designa le terre che, nell'antica Roma, erano di proprietà pubblica, adibite a boschi o a pascolo e di cui tutti potevano usufruire.

Agnus Dei
Agnello di Dio

Dizione usata nelle Scritture e nella messa come definizione di Cristo.

A latere
A fianco

Giudici *a latere* sono i due magistrati di carriera che in Corte d'Assise affiancano il Presidente del Tribunale.

Albedo
Bianchezza, candore

Nel linguaggio scientifico indica il potere riflettente di una superficie colpita dalla luce, massimo se è bianca, minimo se è nera.

Album
Foglio bianco

Il termine indica generalmente quaderni usati per raccogliere foto, disegni, cartoline, francobolli ecc.

Alias
Altrimenti detto

Si usa specialmente riferito a soprannomi o altri nomi con i quali è possibile identificare una persona.

Alibi
Altrove

L'avverbio è usato oggi come sostantivo nel senso di "prova che una data persona non poteva trovarsi nel luogo in cui è stato commesso un dato reato".

Alma mater
Madre che nutre e alimenta

Denominazione poetica della Terra, ma utilizzata anche a proposito di università e altri istituti considerati come fonte di sapere.

Alter ego
Un altro me stesso

Si dice di un facente funzione o di chi rappresenta in tutto un'altra persona.

Amor sui
Amore di se stesso

Angelus

Antica preghiera cattolica in onore della Madonna e recitata ancor oggi tre volte al giorno.

Angina pectoris
Spasmo del petto

Acuto dolore accompagnato da senso di soffocamento.

Animo praedandi
Con l'animo disposto a rubare

Si dice di un certo modo di gestire gli affari e amministrare gli enti pubblici.

Animus
Disposizione d'animo, volontà

Annales
Annali, cronache

Libri in cui si registrano gli avvenimenti anno per anno.

Anno Domini
L'anno del Signore

Espressione, abbreviata A.D., che segue la data in cui si è verificato qualche avvenimento, per es. la fondazione di una chiesa, l'erezione di un monumento ecc.

Ante Christum
Prima della nascita di Cristo.

Ante litteram
Avanti lettera

Si usa in riferimento a personaggi, movimenti, fenomeni ai quali può essere applicata una certa definizione, benché siano precedenti all'epoca in cui quella definizione è stata coniata in riferimento ad altri personaggi, movimenti, o fenomeni.

Ante omnia
Prima di tutto

Ante rem
Prima del fatto

Ante tempus
Prima del tempo

Antiquarium
Raccolta di antichità, reperti archeologici ecc.

Apertis verbis
A chiare lettere

Locuzione usata a proposito di una cosa detta in modo esplicito e senza giri di parole.

A posteriori
*Successivamente
(all'esperienza)*

Locuzione usata nel linguaggio filosofico per indicare il giudizio espresso su una cosa dopo averne avuto esperienza. Caratterizza cioè la conoscenza empirica ed è l'opposto di *a priori*.

A priori
*Precedentemente
(all'esperienza)*

Nel linguaggio filosofico indica una forma di conoscenza che non deriva dall'esperienza, ma la precede, è cioè innata nella mente umana.

A quo
A partire dal quale

Formula del linguaggio giuridico e storico che indica un termine o un punto di riferimento iniziale (vedi anche *ad quem*)

Arbiter elegantiae
Arbitro di raffinatezza

Appellativo che secondo Tacito era attribuito allo scrittore Petronio (l'autore del *Satyricon*) e che viene oggi usato a proposito di chi è considerato un modello di eleganza.

Argumentum e contrario
Argomentazione dal contrario

In logica, designa un'argomentazione a sostegno di una tesi che mostra le conseguenze inaccettabili della tesi opposta.

Audio
Ascolto

Termine usato nel linguaggio radiotelevisivo per indicare un collegamento sonoro o tutto ciò che si riferisce alla parte uditiva.

Auditorium
Auditorio

Sala per concerti e audizioni.

Aula magna
Aula grande

Ampio locale, in genere nelle università e negli istituti scolastici, riservato a riunioni o a cerimonie ufficiali.

Aurea mediocritas
Un giusto equilibrio

Espressione per indicare sia una persona equilibrata, sia (interpretando *mediocritas* come "mediocrità") chi si accontenta della sua posizione, rinunciando a ogni ambizione.

Aut aut
O... o

Porre un *aut aut* significa obbligare una persona a decidere tra due alternative.

Ave!
Salute a te

Voce di saluto o augurio usata soprattutto nelle preghiere alla Madonna.

B

Benedicite
Benedite

Preghiera con la quale nelle comunità religiose si invoca la benedizione di Dio sui pasti.

Bis
Due volte

Espressione usata soprattutto nell'ambito di spettacoli e concerti per richiedere ulteriori esecuzioni da parte degli artisti.

Bonum fidei
Il bene della fedeltà

Formula usata nel linguaggio giuridico per designare il diritto-dovere dei coniugi alla fedeltà.

Bonus

Parola usata nel mondo degli affari col significato di "gratifica, premio" e nel linguaggio comune per indicare un qualche tipo di agevolazione, vantaggio, sconto ecc.

Bonus eventus

Nell'antica Roma era il nome con cui veniva chiamata una divinità alla quale si ricorreva in tutti gli eventi della vita perché avessero un buon esito.

Bonus malus
Buono cattivo

Clausola delle assicurazioni in virtù della quale il premio pattuito aumenta in caso di danni o incidenti, o diminuisce in loro assenza.

Brevi manu
Da mano a mano

Si dice a proposito di lettere od oggetti recapitati di persona all'interessato, senza intermediari.

Busillis

Parola inesistente derivata dall'errata scrittura di *in diebus illis* ("in quei giorni") e usata per indicare una cosa di difficile comprensione o un problema irresolubile.

C

Calidarium

Ambiente per il bagno caldo nelle terme romane.

Campus
Pianura, campo

Termine in uso per indicare le aree universitarie.

Captatio benevolentiae
Cattura della benevolenza

Locuzione originariamente riferita all'oratoria e usata oggi a proposito di chi cerca di guadagnarsi le simpatie dei suoi interlocutori con l'adulazione e altri espedienti.

Caput mundi
Capitale del mondo

È l'espressione con la quale si designa Roma, la città eterna.

Cardo maximus

In epoca romana, uno dei due assi principali di un accampamento o di un centro urbano, orientato in senso nord-sud e intersecato ad angolo retto dal *decumanus maximus*.

Caritas
Carità, benevolenza, amore

Indica l'atteggiamento di chi tende ad aiutare e comprendere il prossimo. Con questo nome è nata una nota associazione internazionale di beneficenza.

Carpe diem
Cogli l'attimo

Espressione famosissima che invita a godere delle gioie del presente, senza fare affidamento sul futuro.

Casus belli
Occasione della guerra

Espressione con la quale si indicano gli eventi addotti a motivazione dello scoppio di un conflitto, distinti dalle cause profonde che l'hanno provocato.

Casus foederis
Caso di alleanza

Espressione che si usa quando all'interno di un'alleanza si verifica un evento che costringe uno dei due contraenti all'aiuto militare dell'altro.

Causa causarum
Causa delle cause

Nella filosofia scolastica, causa prima dell'origine di tutto, cioè Dio.

Causa petendi
Causa della richiesta

Ossia la ragione della pretesa che si intende far valere.

Causa sui
Causa di se stesso

Nel linguaggio filosofico indica l'essere, principio e causa della propria esistenza.

Cave canem
Attenti al cane

Certamen
Gara, competizione

Termine usato generalmente a proposito di gare poetiche.

Cetera desunt
Il resto manca

Locuzione che designa un testo non completo o lacunoso in alcune parti.

Civitas
Città, popolazione, stato

Nell'antica Roma indicava la comunità politica organizzata sia di un ampio Stato sia di una piccola città.

Clientes
Clienti

Coloro che vanno al seguito di persone importanti sperando di trarne vantaggi.

Coena Domini
La cena del Signore

Celebrazione dell'Ultima Cena durante le festività pasquali.

Cognatio legalis
Parentela legale

Legame di parentela che si stabilisce tra adottante e adottato.

Cognatio spiritualis
Parentela spirituale

Rapporto che designa una sorta di parentela morale, come quella del padrino e della madrina nel battesimo.

Coitus interruptus
Coito interrotto

Espressione dotta per indicare l'atto sessuale non portato a compimento in funzione anticoncezionale.

Cominus et eminus
Da vicino e da lontano

Il motto alludeva a tecniche di lotta e fu ripreso da Luigi XII come simbolo del proprio potere in grado di colpire anche i nemici lontani.

Communis opinio
Opinione comune

Compos sui
Padrone di sé

Locuzione usata generalmente in frasi negative: "non è *compos sui*" = "non sa quello che fa".

Concordia discors
Concordia discorde

Locuzione che designa un'armonia derivante da un contrasto.

Concordia ordinum
Concordia degli ordini

Espressione usata per indicare la concordia delle varie classi sociali e degli organi dello Stato per la salvaguardia del bene comune.

Condicio sine qua non
Condizione senza la quale

Indica un elemento fondamentale senza il quale un'azione, un accordo ecc. sarebbero impossibili.

Confiteor
Mi confesso

Formula liturgica che precede la confessione.

Consecutio temporum

Indica la "correlazione dei tempi verbali" nella struttura sintattica del periodo.

Consensus gentium
Consenso generale

Si usa per indicare un'approvazione unanime.

Consortium omnis vitae
Comunanza di tutta la vita

Definizione dell'indissolubilità del matrimonio.

Consuetudo pro lege servatur
La consuetudine viene osservata come legge

Principio su cui si basa il cosiddetto diritto consuetudinario.

Consummatum est
(Tutto) è compiuto

Sono le ultime parole di Cristo morente, usate oggi per dire che qualcosa è giunto al suo doloroso compimento.

Contemptus mundi
Disprezzo del mondo

Espressione riferita all'ascetismo e al disprezzo dei beni materiali e mondani.

Continuum
Linea continua

Termine usato per indicare l'assenza di qualsiasi interruzione all'interno di un insieme.

Contra legem
Contro la legge

Conventio ad excludendum

Accordo tra alcune parti politiche o sociali che ha come fine l'esclusione di un'altra parte.

Coram populo
In pubblico

Corpus
Corpo

Si usa per indicare una totalità, in genere una raccolta completa di opere e di autori.

Corpus Domini
Il corpo del Signore

Festività cattolica che si celebra sessanta giorni dopo la Pasqua per commemorare il sacramento dell'Eucaristia.

Corpus iuris canonici

Raccolta di norme di diritto canonico.

Corpus iuris civilis

Raccolta ordinata di leggi civili voluta dall'imperatore bizantino Giustiniano (527-565) e che è stata per molti secoli la base del diritto in diversi paesi.

Corrige
Correggi

Parola che si fa precedere alle correzioni che si fanno a uno scritto o a un testo.

Crucifige
Crocifiggilo

Grido con cui la folla chiese a Pilato la morte di Gesù e citato oggi per indicare un atteggiamento di ostilità totale e violenta contro qualcuno.

Cui prodest?
A chi giova?

Principio investigativo secondo cui le indagini su un delitto devono concentrarsi anzitutto su chi da quel delitto abbia tratto maggior vantaggio.

Cum grano salis
Con un granello di sale

L'espressione in senso figurato ha assunto il significato di "con un pizzico di buonsenso".

Cumquibus
Con i quali

Formula riferita al denaro necessario per comprare od ottenere qualcosa.

Cupio dissolvi
Desidero dissolvermi

Espressione con la quale i mistici esprimevano il loro desiderio di consumarsi in Dio. Oggi è usata soprattutto in riferimento a coloro che manifestano comportamenti autodistruttivi.

Curriculum vitae
Il corso della vita

Si tratta di un breve riassunto della vita di una persona, contenente la formazione scolastica e lavorativa, che si presenta quando si è in cerca di occupazione.

Cursus honorum
La carriera degli onori

Presso i Romani indicava la carriera delle cariche pubbliche, oggi indica i vari incarichi ricoperti da una persona nell'ambito della sua carriera politica.

D

Damnatio memoriae
Condanna della memoria

Condanna pubblica di una persona che mira a eliminare ogni ricordo del suo nome e della sua immagine.

Datur omnibus
Si dà a tutti

Iscrizione che si trova in qualche antico convento per dire che la carità cristiana non fa differenze.

De auditu
Per sentito dire

De cuius
Del quale si tratta

Formula giuridica usata nei testamenti per indicare il testatore.

Decumanus maximus

In epoca romana, uno dei due assi principali di un accampamento o di un centro urbano, orientato in senso est-ovest e intersecato ad angolo retto dal *cardo maximus*.

De facto
Di fatto

In opposizione a *de iure*, si dice di ogni situazione concreta non basata su una norma giuridica.

Defensor civitatis
Difensore della città

Negli ultimi secoli dell'impero romano, magistrato preposto a difendere gli abitanti della sua città dagli abusi commessi ai loro danni da parte di pubblici funzionari. Aveva funzioni simili a quelle dell'attuale difensore civico o ombudsman.

Defensor fidei
Difensore della fede

Appellativo di Enrico VIII, usato oggi per designare chi difende apertamente la Chiesa e la religione da attacchi avversari.

Deficit
Manca

Termine usato nel linguaggio economico come sinonimo di passivo, disavanzo.

De iure
Di diritto

Ossia "per legge". Si contrappone a *de facto*.

Delirium tremens
Delirio con tremori

Stato di psicosi acuta con tremori e allucinazioni proprio degli alcolizzati cronici.

Deminutio capitis
Diminuzione di diritti

Formula con la quale si indica la perdita della libertà, della famiglia, dei diritti civili ecc.

Deo adiuvante
Con l'aiuto di Dio

Se Dio vuole.

Deo gratias!
Grazie a Dio!

Ultime parole della messa in latino oggi usate come esclamazione per dire che qualcosa è finita bene.

Deo optimo maximo
A Dio il più buono il più grande

Formula che compare come iscrizione sulle chiese, abbreviata in D.O.M.

De plano
Pianamente, senza difficoltà

Espressione giuridica per dire

che qualcosa viene fatto o procede senza difficoltà.

De profundis
Dal profondo

È l'inizio del salmo 129, di carattere penitenziale, recitato in genere durante i funerali.

De rato

Locuzione giuridica usata nella formula "promettere *de rato*", che significa farsi garante.

Deus ex machina
Il dio (che scende)
dalla macchina

La locuzione discende dall'uso, nel teatro antico, di calare dall'alto con un macchinario l'attore che impersonava una divinità, il cui intervento serviva per lo più a risolvere una situazione molto intricata. Oggi è citata, in riferimento a opere teatrali e romanzesche, per indicare l'intervento di un personaggio o di un evento inaspettato, che risolve in modo per lo più artificioso le vicende narrate. Meno correttamente, è usata anche per indicare un personaggio che governa una situazione stando dietro le quinte.

De visu
Per visione diretta

Si dice di una cosa che si è vista, alla quale si era presenti e si contrappone a *de auditu*.

Dies a quo, dies ad quem
Giorno a partire dal quale, giorno fino al quale

Espressione che indica il giorno da cui decorrono e quello in cui scadono i termini.

Dies fasti

Nell'antica Roma erano così chiamati i giorni (235) in cui era lecito svolgere attività pubbliche.

Dies irae
Giorno dell'ira

Formula che designa il giorno del Giudizio Universale.

Dies natalis
Giorno natale, giorno della nascita.

Dies nefasti
Giorni nefasti

Giorni (100) in cui, nell'antica Roma, non era lecito svolgere attività pubbliche, perché dedicati al culto.

Dira necessitas
Crudele necessità

Si dice a proposito di ciò che si vorrebbe, ma non si può impedire.

Divide et impera
Dividi e domina

Questa tecnica socio-politica di dominio, tradizionalmente attribuita all'antica Roma, è stata in realtà largamente utilizzata da ogni tipo di impero (per esempio dagli Inglesi in India).

Dixi
Ho detto

Parola con la quale si pone fine a un discorso e non si ammette replica.

Dominus vobiscum
Il Signore sia con voi

Saluto del sacerdote ai fedeli durante la celebrazione della messa.

Do ut des
Do perché tu dia

Formula su cui erano basati i rapporti dell'uomo romano con la divinità e usata oggi per indicare rapporti di reciproco interesse.

Dramatis personae
Personaggi del dramma

Il detto indica oggi gli autori e i protagonisti di un avvenimento.

Dulcis in fundo
Il dolce alla fine

Espressione pseudo-latina molto diffusa, sia intesa in senso gastronomico, sia per indicare ciò che rappresenta il lieto fine (o, ironicamente, la peggior conclusione) di una vicenda o di un elenco.

Duplex
Duplice, doppio

Si dice di un apparecchio telefonico inserito nella linea di un altro apparecchio.

E

Ecce homo!
Ecco l'uomo!

Parole con le quali Pilato presenta Cristo alla folla dopo la flagellazione, diventate l'emblema di una persona molto malandata.

Ecclesia
Assemblea, chiesa

Parola di derivazione greca che è passata a indicare nel mondo cristiano l'assemblea dei fedeli, la comunità dei credenti.

Editio princeps
Edizione prima (che prende il primo posto)

Si dice della prima edizione a stampa di un classico o di un'opera medievale.

Ego
Io

Termine usato in psicologia per indicare il punto di riferimento della soggettività.

Eo ipso
Di per sé, in sé e per sé

Erga omnes
Nei confronti di tutti

Formula giuridica con la quale si indica un atto che ha validità universale.

Ergo
Dunque, perciò, in conclusione

Congiunzione conclusiva adoperata dagli Scolastici prima del terzo sillogismo.

Errata corrige
Correggi le cose errate

Elenco degli errori riscontrati, a stampa ultimata, in un libro, e che viene stampato, con le relative correzioni, in una pagina dopo l'indice o anche in un foglietto a parte.

Est
È, c'è

Locuzione usata nel linguaggio telegrafico al posto della voce verbale "è" per distinguerla dalla congiunzione "e".

Est est est
C'è, c'è, c'è

Nome di un vino rinomato dovuto alla leggenda secondo la quale un monsignore amante del vino si faceva precedere nei viaggi da un servo incaricato di segnare con un "est" la locanda dove si trovasse del vino buono. A Montefiascone il servitore trovò del vino particolarmente buono tanto che scrisse tre volte il segnale convenuto.

Estote parati
Siate pronti

Parole pronunciate da Gesù in riferimento alla morte, che può cogliere di sorpresa, e usate come consiglio a essere sempre previdenti.

Et cetera
E altre cose

In italiano lo si utilizza con l'abbreviazione etc. o ecc.

Et similia
E (altre cose) simili

Locuzione usata per chiudere un elenco.

Et ultra
E anche di più, e oltre

GLOSSARIO DELLE LOCUZIONI PIÙ COMUNI

Ex
Già, un tempo

Preposizione usata oggi per indicare situazioni o cariche del passato non più attuali, per es. ex presidente, ex Jugoslavia ecc.

Ex abrupto
All'improvviso

Si riferisce in genere a discorsi che iniziano senza preavviso né premesse.

Ex aequo
A pari merito

Si usa soprattutto nelle gare sportive, quando due concorrenti ottengono il medesimo risultato.

Ex ante
A priori, anticipatamente

Si usa soprattutto in riferimento alla valutazione degli effetti di qualcosa fatta prima che venga realizzato.

Ex cathedra
Dalla cattedra

Formula usata a proposito del papa quando si pronuncia in materia di fede e, in senso ironico, nei confronti di chi ostenta la propria cultura.

Excelsior
Più in alto!

Si usa come esortazione e incitamento ed è anche il nome di numerosi alberghi e locali pubblici.

Exceptis excipiendis
Fatte le debite eccezioni

Espressione usata per indicare le consuete inevitabili eccezioni che ogni regola comporta.

Excerptum
Estratto

Passo o brano di un'opera estratto e pubblicato a parte.

Ex dono
Da donazione

Iscrizione con la quale, nelle biblioteche e nei musei, viene indicata la provenienza di opere ricevute in dono.

Exempli gratia
Per esempio, a puro titolo di esempio

Ex lege
Secondo la legge, in conformità alla legge

Ex libris

Letteralmente "dai libri" l'espressione indica tutti i segni, i simboli ecc. posti su un libro a indicare il proprietario o la biblioteca di appartenenza.

Ex nihilo
Dal nulla

Ex novo
Di nuovo, di sana pianta

Ex post
A posteriori

Si dice di un fatto valutato in un tempo successivo a quello in cui esso ha avuto luogo.

Expressis verbis
Espressamente, con parole chiare, in modo esplicito

Ex professo
Con competenza, con cognizione di causa

Si dice di chi parla di un argomento o agisce in maniera veramente competente.

Extra
Fuori, oltre, al di là

Si usa per definire qualcosa di particolare, fuori della norma, o di qualcosa che viene calcolato a parte, per es. nei ristoranti, alberghi ecc.

Extra moenia
Fuori delle mura

Locuzione usata attualmente per indicare un'attività che si svolge al di fuori della sede a essa preposta.

Ex voto
In seguito a un voto

Dono votivo che si offre alla divinità, per lo più come ringraziamento di una grazia ricevuta.

F

Facies
Aspetto, cera

Nel linguaggio medico indica l'aspetto del volto assunto da certi ammalati a causa della malattia da cui sono affetti. Il termine viene usato con altri significati anche in zoologia e botanica.

Fac-simile

Si tratta di uno pseudolatinismo di formazione moderna: letteralmente significa "fa' una cosa simile". Formula usata per indicare l'esatta riproduzione di uno scritto, di un quadro, una scultura ecc.

Factotum
Tuttofare

Termine usato per indicare una persona di fiducia che si occupa del disbrigo di tutti gli affari.

Factum est
È stato fatto,
tutto è compiuto

Fata obstant
Il fato si oppone

Si dice di una cosa che fatica a realizzarsi e alla quale il destino sembra opporsi.

Fate vobis
Fate voi

Espressione in latino maccheronico, usata generalmente quando non ci si vuole occupare di una cosa e si lascia che gli altri facciano come vogliono.

Felix culpa
Felice colpa

Espressione pronunciata da S. Agostino a proposito del peccato commesso da Adamo ed Eva e che ha reso possibile la venuta di Cristo.

Ferro et igni
A ferro e fuoco

Fiat
Sia fatto

Si usa nell'espressione "in un fiat" per dire "in un attimo".

Fiat lux
Sia fatta la luce

Parole pronunciate da Dio all'atto della creazione del mondo (*Genesi*, 1,3) e citate oggi per indicare l'onnipotenza divina o semplicemente in tono scherzoso come invito ad accendere le luci in un locale buio.

Fibula
Fermaglio, spilla

Termine usato in archeologia.

Flagellum Dei
Flagello di Dio

Denominazione di Attila, re degli Unni, per le devastazioni compiute durante le sue scorrerie per tutta Europa.

Flatus vocis
Soffio di voce

Si dice a proposito di parole prive di significato e pronunciate senza scopo.

Focus
Focolare

Termine usato nel linguaggio medico per indicare un focolaio morboso dal quale ha origine un'infezione.

Foedus aequum
Patto tra uguali

Foedus iniquum
Patto tra non uguali

Ossia stipulato in condizioni di svantaggio di una delle controparti.

Forma mentis
Struttura mentale

Si usa a proposito del personale modo di vedere di ciascuno.

Forum
Piazza, foro, luogo di pubblica riunione

Termine usato per designare sia un luogo di incontro, un convegno, sia una discussione pubblica.

Fumus persecutionis
Parvenza di persecuzione

Si dice a proposito di provvedimenti dell'autorità giudiziaria che sembrano avere carattere persecutorio nei confronti di qualcuno.

G

Genius loci
Genio del luogo

La locuzione in epoca romana designava lo spirito che abitava in un luogo. Nel linguaggio dell'architettura moderna designa il "carattere" di un luogo.

Gens
Famiglia, casato

Nell'antica Roma il termine indicava un gruppo di famiglie legate da vincoli di parentela o discendenti da un antenato comune.

Gratis
Per grazia

Oggi indica un servizio ricevuto senza pagare.

Gratis et amore Dei
Per grazia e per amore di Dio

Formula usata per indicare che una cosa non costa nulla.

Grosso modo
All'incirca

Locuzione molto comune (e che all'orecchio italiano non suona neppure come latina) per indicare una misura o un calcolo approssimativi.

H

Habemus papam
Abbiamo il papa

Formula tradizionale con la quale si annuncia al mondo l'avvenuta elezione di un nuovo pontefice.

Habitat
Abita

Nel linguaggio scientifico designa il complesso delle condizioni ambientali e climatiche in cui si sviluppa una determinata specie animale o vegetale.

Habitus
Aspetto, abitudine, tendenza

Indica le tendenze, le abitudini, il modo di pensare (*habitus* mentale) tipici di una persona.

Hannibal ad-ante portas
Annibale alle porte

Espressione in uso per indicare un grave pericolo incombente.

Hic et nunc
Qui e ora, immediatamente

Hic sunt leones
Qui ci sono i leoni

Formula utilizzata nelle antiche carte geografiche per designare territori sconosciuti. Oggi si dice soprattutto in riferimento a situazioni poco note e nelle quali è opportuna la prudenza.

Homo erectus

Denominazione della specie di ominidi vissuta in un'epoca che va da circa 1,8 milioni a circa seicentomila anni fa.

Homo faber
Uomo artefice

È l'uomo che sa adeguare la realtà alle proprie esigenze.

Homo habilis

Denominazione di uno dei primi ominidi vissuto da circa 2,4 a circa 1,5 milioni di anni fa.

Homo novus
Uomo di nuova nobiltà

Personaggio della vita politica romana proveniente da una famiglia in cui nessuno aveva mai rivestito incarichi. L'espressione indica oggi una persona che si è fatta da sé.

Homo oeconomicus

Definizione dell'uomo visto come soggetto dell'attività economica.

Homo primigenius
Uomo primitivo

Denominazione dell'uomo di Neanderthal, vissuto tra circa centotrentamila e circa trentamila anni fa e che rappresenta lo stadio immediatamente precedente all'*homo sapiens* attuale.

Homo regius
Uomo del re

Si dice di chi è ligio e devoto al potere costituito.

Homo sapiens
Uomo pensante

Denominazione dell'uomo che ha raggiunto lo stadio evolutivo dell'uomo attuale.

Homunculus
Omuncolo, omiciattolo

Termine mutuato dall'alchimia per indicare l'uomo nato dalla provetta.

Honoris causa
A titolo di onore

Vedi *Ad honorem*.

Horribile auditu
Cosa orribile a udirsi

Horribile dictu
Cosa orribile a dirsi

Horribile visu
Cosa orribile a vedersi

Horror vacui
Orrore del vuoto

Locuzione diffusa soprattutto nel linguaggio artistico a indicare la tendenza di alcuni pittori a riempire qualsiasi spazio vuoto.

Hortus conclusus
Giardino chiuso

Detto che indica un ristretto campo di lavoro intellettuale di cui uno è specialista.

Hostis

Termine che nell'antica Roma indicava sia lo "straniero", sia il "nemico".

Humanae litterae
Lettere classiche

Termine che designa la letteratura e gli studi umanistici.

Humanitas
Umanità, civiltà

Humus
Terreno, suolo

In botanica è lo strato di terra formato dalle sostanze organiche, mentre in senso figurato indica il terreno propizio al diffondersi di un'idea o di un'iniziativa.

I

Ibidem
Nello stesso luogo

Si usa nelle citazioni bibliografiche per indicare un riferimento già fatto.

Ictu oculi
A colpo d'occhio

Ictus
Colpo, percossa

Nel linguaggio medico indica un colpo apoplettico, in quello musicale l'accento della battuta, cioè il tempo forte.

Idem
La stessa cosa, come sopra, lo stesso

Idem per idem
La stessa cosa mediante la stessa cosa

Si dice di una cosa che viene spiegata usando in maniera soltanto apparentemente diversa gli stessi termini, ricorrendo cioè a una tautologia. Per es. "l'arte è un fatto artistico".

Idem sentire
Sentire allo stesso modo

Si dice riferendosi a persone unite dalle stesse opinioni o da una comune sensibilità.

Id est
Corrisponde al nostro "cioè".

Idola
Figure, simulacri

Termine che nel linguaggio filosofico indica quei pregiudizi e credenze che danno al soggetto una visione distorta della realtà.

Ignoto militi
Al milite ignoto

Imperium
Comando, autorità suprema

Si usa quando si vuole sottolineare la forza del comandare.

Imprimatur
Si stampi

Voce con cui la censura ecclesiastica autorizza la stampa dei testi. In senso lato viene usata per indicare l'autorizzazione a fare qualcosa.

In albis
In abito bianco

Denominazione della settimana successiva alla Pasqua, periodo in cui i neofiti venivano battezzati indossando un abito bianco.

In alto loco
In alto luogo

Ossia al vertice del potere.

In antis
Termine usato in architettura a proposito di un tempio greco la cui facciata ("sul davanti") presenta due colonne.

In articulo mortis
In punto di morte

Si dice a proposito di una benedizione o di un'assoluzione.

In cauda venenum
Il veleno sta nella coda

La locuzione designava lo scorpione, ma si riferisce oggi alla conclusione di un discorso, una lettera ecc. con una frase piuttosto mordace.

Incipit
Incomincia

Parola che un tempo veniva posta all'inizio dei libri. In filologia e nella critica letteraria si usa per indicare le parole iniziali di un testo.

In cymbalis
Al suono dei cembali

Formula usata a proposito di un'allegria sfrenata, dovuta soprattutto a uno stato di ubriachezza.

In diebus illis
In quei giorni

In dubiis abstine
Nel dubbio astieniti

Formula giuridica che invita a non pronunciare giudizi o sentenze finché tutti i dubbi non sono dissipati.

In dubio pro reo
Nel dubbio (si decida) a favore dell'imputato

Formula giuridica che attribuisce maggiore importanza alla tutela dell'innocente rispetto alla punizione del colpevole.

In extremis
All'ultimo momento

In fieri
In corso di divenire

Si dice di cose in corso, in fase di svolgimento e che non sono state ancora compiute.

In folio
In (un solo) foglio

Detto di libri di grande formato i cui fogli da stampa sono piegati solo una volta producendo quindi quattro facciate.

In illo tempore
In quel tempo

Si usa per indicare un tempo molto lontano, del quale non si ha più memoria.

In itinere
In viaggio, strada facendo

Nel linguaggio burocratico indica la trafila di una pratica.

In limine
Sulla soglia

Indica il momento iniziale di un'attività o di un'azione.

In loco
Sul posto

In medias res
Nel mezzo degli avvenimenti

Espressione di derivazione oraziana (*Ars poetica*, 148) usata
oggi per indicare un discorso
senza preamboli, nel quale si
va subito al sodo.

In memoriam
In memoria, in ricordo

In nuce
In embrione

Si dice di cose allo stato iniziale.

In pectore
In petto, nelle intenzioni

Si dice di qualcosa che non
viene dichiarato pubblicamen-
te. Candidature *in pectore* sono
quelle che si tengono segrete
fino al momento della designa-
zione ufficiale.

In re
*Nella realtà delle cose, nei
fatti*

In re aliena
Nei fatti altrui

Si dice in riferimento a una
questione che non riguarda noi
ma gli altri, o a chi si intromet-
te in cose che non sono di sua
competenza.

In re ipsa
*Nel fatto preso in sé, nella
cosa in sé e per sé*

In saecula saeculorum
Nei secoli dei secoli

Formula religiosa usata per indicare azioni che si protraggo-
no lungamente nel tempo, tanto da sembrare eterne.

Insalutato hospite
Senza aver salutato l'ospite

Si dice di chi se ne va alla cheti-
chella, senza salutare il padrone
di casa.

In situ
Sul luogo

In geologia e paleontologia indica una cosa ritrovata nel luogo dove si ritiene si sia formata.

In solido
In modo unito e compatto

Si usa nel linguaggio giuridico
per dire "insieme", "con il vincolo della solidarietà e della responsabilità".

Instrumentum
regni-imperii
Mezzo per regnare

Formula generalmente riferita
alla religione, talora considerata
un mezzo per mantenere buoni
e tranquilli i sudditi.

In subordine
In via subordinata

Insula
Isola, isolato

Presso i Romani indicava ogni casa isolata dalle altre o un gruppo di abitazioni adiacenti.

Intelligenti pauca
All'intelligente (basta) poco

È l'equivalente del detto italiano "a buon intenditor poche parole": non servono lunghe spiegazioni perché una persona intelligente comprenda come stanno le cose.

Interiora
Le parti più interne

Locuzione che indica oggi gli intestini e gli organi interni di qualsiasi animale.

Inter nos
Fra di noi

Espressione usata a proposito di cose dette in confidenza

Inter pocula
Tra i bicchieri

Espressione riferita a discorsi e chiacchiere che si fanno in allegra compagnia.

In toto
In tutto, integralmente, per intero

Intus et in cute
Dentro e sotto la pelle

Si dice a proposito della conoscenza approfondita di una persona.

In vinculis
In catene, in ceppi

Nel linguaggio giudiziario indica imputati rinviati a giudizio in stato di detenzione.

In vitro
Sotto vetro, in provetta

Si dice di esperimenti biologici compiuti in laboratorio.

In vivo

Si dice di esperimenti e osservazioni compiuti su tessuti e cellule viventi.

Ipse dixit
L'ha detto lui

Si dice a proposito di una persona di riconosciuta competenza che si pronuncia su un determinato argomento. Ma si usa anche in senso ironico nei confronti di chi dà giudizi presuntuosi su cose che non conosce.

Ipso facto
Per quello stesso fatto

Ipso iure
In virtù del diritto stesso, per legge

GLOSSARIO DELLE LOCUZIONI PIÙ COMUNI

Ire ad patres
Andare dai padri

Significa raggiungere gli antenati nell'aldilà, ossia morire.

Item
Similmente, inoltre

Termine usato dai notai nell'elencazione delle voci testamentarie.

Ite, missa est
Andate, la messa è finita

Si usa talvolta in tono scherzoso per dire che la riunione è finita ed è ora di andare.

Iter
Cammino, percorso, trafila

Si usa generalmente nel linguaggio parlamentare e burocratico per indicare il percorso di leggi e pratiche attraverso i vari stadi.

Iunior
Il più giovane (tra i due)

Generalmente indica il più giovane tra due che hanno lo stesso nome, in particolare un padre e un figlio.

Iuniores
I più giovani

Si dice degli atleti più giovani che sono ammessi solo a tornei e gare giovanili.

Iura novit curia
Il giudice conosce le leggi

Principio in virtù del quale si dà per certo che qualsiasi autorità giudiziaria conosca le disposizioni e le norme di legge che regolano un processo.

Iure sanguinis
Per diritto di sangue

È il principio su cui si basa il diritto alla cittadinanza in Italia (e in altri paesi), cioè il fatto di essere figli o discendenti di cittadini italiani. Si contrappone a *iure soli*.

Iure soli
Per diritto di suolo

È il principio su cui si basa il diritto alla cittadinanza in Francia, negli Stati Uniti e in altri paesi, cioè il fatto di essere nati sul suolo di quel paese, indipendentemente dalla nazionalità dei propri genitori. Si contrappone a *iure sanguinis*.

Ius gentium
Diritto delle genti

Ossia il diritto internazionale.

Ius primae noctis
Diritto della prima notte

Leggendario diritto del signore feudale di avere per sé le sposine la prima notte dopo il loro matrimonio.

Ius utendi et abutendi
Diritto di uso e abuso

È il diritto dei cittadini di disporre come meglio credono delle proprie cose.

Ius vitae et necis
Diritto di vita e di morte

Nell'antica Roma repubblicana e fino al primo secolo dell'impero, era il diritto del padrone di disporre totalmente della vita e della morte dello schiavo.

L

Labor limae
Lavoro di lima

Espressione usata per indicare il lavoro di raffinamento di un'opera letteraria.

Lapis
Pietra

Termine usato per designare le matite.

Lapsi
Caduti, arresi

Denominazione di quei cristiani che per sfuggire al martirio rinnegavano la fede.

Lapsus
Caduta, errore

Si dice a proposito di errori involontari. Diffusa è anche la locuzione *"lapsus* freudiano" per indicare un errore dovuto a motivazioni inconsce.

Lapsus calami
Errore di penna

Lapsus linguae
Errore di lingua

Latu sensu
In senso lato

Lavabo
Laverò

Versetto di un Salmo (26,6) entrato nell'uso comune col significato di lavandino, stanza da bagno o locale destinato alle abluzioni.

Lectio
Lezione, lettura

Nel linguaggio filologico indica una delle differenti varianti formali in cui ci è stato tramandato un testo scritto.

Lectio brevis
Lezione breve

Giornata scolastica con orario più breve del solito, in genere prima dell'inizio di un periodo di vacanza.

Lectio difficilior
Lettura più difficile

Nel linguaggio filologico indica la variante più insolita e difficile di una parola o di una frase di un testo tra quelle che sono state tramandate dai diversi manoscritti. In linea generale la *lectio difficilior* è ritenuta più affidabile della *lectio facilior* (vedi sotto), in quanto si sa che i copisti tendevano a semplificare il linguaggio dei testi che dovevano trascrivere.

Lectio facilior
Lettura più facile

Nel linguaggio filologico indica la variante più semplice e immediata di una parola o di una frase (vedi anche sopra).

Legenda
Cose da leggere

Insieme delle indicazioni o dei segni convenzionali che si leggono su carte geografiche, testi statistici ecc.

Legibus solutus
Sciolto dall'obbligo di osservare le leggi

Leonina societas
Società leonina

Si dice a proposito di accordi in cui il più forte e potente impone le sue condizioni al più debole.

Lex posterior derogat priori
La legge posteriore deroga alla precedente

Principio giuridico in base al quale la legge successiva costituisce una parziale o totale abrogazione di quella precedente.

Lex super regem
La legge sta al di sopra del re

Principio affermante che anche il re deve sottostare alle leggi.

Libere et sponte
Liberamente e spontaneamente

Senza essere costretti.

Libido
Voglia, desiderio, piacere

Termine che nel linguaggio psicanalitico indica la forza generativa che sovrintende allo sviluppo psichico.

Licet
È lecito, è permesso

Limes
Limite

Termine usato per indicare i confini tra due campi, come tra due Stati.

Liquidus
Liquido

Termine usato in fisica per indicare la temperatura al di sopra della quale si produce la fase liquida di una sostanza e al di sotto della quale inizia il processo di solidificazione.

Longa manus
Lunga mano

Si dice di chi agisce più o meno nascostamente per incarico di una persona o di un'istituzione potente.

Ludus
Gioco, svago, attività ricreativa

Il plurale ludi è usato nel senso di gare, incontri sportivi ecc.

Lumen
Luce, lume

Unità internazionale di misura del flusso luminoso.

Lupus in fabula
Il lupo nel racconto

Si dice di una persona che sopraggiunge all'improvviso mentre si sta parlando di lei con altri.

Lux
Luce

Unità di misura internazionale dell'illuminazione corrispondente a un *lumen* fratto un metro quadro.

M

Magna Charta

Si tratta della costituzione inglese concessa dal re Giovanni ai baroni nel 1215.

Magna cum laude
Con grande lode

Espressione che accompagna il più alto voto di laurea per sottolineare la pienezza del merito.

Magna Graecia
La grande Grecia

Espressione che indica l'insieme delle città fondate dagli antichi Greci lungo le coste dell'Italia meridionale.

Magna mater
La grande madre

Appellativo della dea Cibele, madre universale degli uomini e degli animali, dea della fecondità identificata con la natura.

Magna pars
Gran parte

Detto di chi ha una parte di primo piano nella direzione di un ufficio o di un'azienda.

Magnificat

Termine con cui si indica il cantico sgorgato dalla bocca di

Maria in visita a Elisabetta. Il nome deriva dal primo verso del cantico *Magnificat anima mea Dominum*, "La mia anima esalta il Signore".

Magnitudo
Grandezza

Unità di misura della forza di un sisma.

Manu militari
Con l'impiego della forza militare

Si usa per dire che un'azione è stata condotta o una situazione è stata sbloccata con l'uso delle armi.

Mare magnum
Un grande mare

Espressione che indica una gran quantità di materiale caotico e disordinato, nel quale è difficile raccapezzarsi.

Mare nostrum
Il mare nostro

Termine che presso gli antichi Romani indicava il mare Mediterraneo, in quanto tutte le sue coste facevano parte dell'impero.

Mater dolorosa
La Madre addolorata

Locuzione in uso nel linguaggio artistico per designare la madre di Gesù ai piedi della croce e nel linguaggio comune a proposito di una donna particolarmente afflitta.

Maximum
Il massimo

Grado più alto o punto più elevato raggiungibile, quantità maggiore, limite massimo.

Mea culpa
Colpa mia

Espressione usata ormai come sostantivo per indicare una mancanza accompagnata da una richiesta di perdono.

Mea sponte
Di mia spontanea volontà

Medium
Mezzo, che sta in mezzo

Nelle scienze occulte è la persona che fa da tramite tra gli spiriti e gli uomini; nel linguaggio comune il plurale *media* indica i mezzi di comunicazione.

Memento mori
Ricordati che devi morire

Motto dei trappisti citato oggi come monito.

Memorandum
Che deve essere ricordato

Documento diplomatico, promemoria, libretto per annotazioni.

Minimum
Il minimo

Limite più basso, minimo di cui si ha bisogno.

Minus habens
Che ha poco comprendonio

Locuzione eufemistica per indicare una persona dotata di scarse capacità intellettuali, o, più raramente, un individuo che gode di minori diritti rispetto alla maggioranza dei cittadini.

Mirabile dictu
Mirabile a dirsi

Mirabile visu
Mirabile a vedersi

Mirabilia
Cose mirabili

Miserere
Abbi pietà

Invocazione di pietà e misericordia.

Missus dominicus
Messo del signore

Nel Medioevo era così chiamato il delegato dell'imperatore nelle varie province.

Modus operandi
Modo di agìre

Modus vivendi
Modo di vivere

Formula giuridica che indica un accordo tra due persone o due Stati prima in contrasto e usata nel linguaggio comune a proposito di un compromesso tra due persone per risolvere una convivenza altrimenti difficoltosa.

Monitor
Che avvisa, che fa ricordare

Nel linguaggio dell'elettronica indica l'apparecchio che visualizza le immagini di televisori o computer.

More maiorum
Secondo il costume degli antichi

More solito
Secondo la solita abitudine

More uxorio
Come in matrimonio

Formula in uso per indicare la convivenza di due persone non sposate e che, quindi, si trovano di fatto nella condizione che sarebbe pertinente al matrimonio.

Motu proprio
Di moto proprio

Di propria iniziativa.

Mutatis mutandis
Mutate le cose da mutare

Locuzione usata a proposito di paragoni tra due situazioni apparentemente diverse, ma in realtà molto simili.

N

Natura adiuvante
Con l'aiuto della natura

Ne bis in idem
Non due volte sulla medesima cosa

Espressione di un principio del diritto secondo il quale un giudice non può esprimersi una seconda volta su un'azione che sia stata già giudicata.

Nec plus ultra
Non più oltre

Espressione usata per indicare un limite che non va superato. Nella forma *non plus ultra* si usa invece per indicare una cosa che ha raggiunto la massima perfezione o è la migliore nel suo genere.

Ne quid nimis
Nulla di troppo

Formula usata come invito alla sobrietà e ad evitare ogni esagerazione.

Nescio quid
Un non so che

Si dice di qualcosa di incomprensibile o indefinibile.

Ne varietur
Non si facciano variazioni

Formula che compare su pubblicazioni considerate definitive dall'autore e che non ammettono correzioni o aggiunte.

Nihil admirari
Non meravigliarsi di nulla

Qualità propria dei saggi e di chi ha molta esperienza.

Nihil obstat
Nulla osta

Formula con la quale si autorizzano pubblicazioni o determinati atti burocratici.

Non expedit
Non conviene

Formula che esprime un divieto attenuato da parte della Chiesa, come quello per i cattolici di partecipare alla vita politica dello stato italiano, divieto che durò dal 1861 sino al 1919.

Non licet
Non è lecito

Non olet
Non puzza

L'espressione trae origine da un aneddoto raccontato da Svetonio, secondo cui al figlio Tito che lo rimproverava di aver messo una tassa sugli orinatoi pubblici, l'imperatore Vespasiano avrebbe così risposto, tenendo in mano una moneta ricavata dalla tassa. Oggi viene usata appunto per significare che quando c'è un'esigenza economica non bisogna troppo sottilizzare sulla provenienza del denaro.

Non plus ultra
Non più oltre

Vedi *Nec plus ultra*.

Notitia criminis
Notizia di reato

Novus ordo
Nuovo ordine

Termine usato nel linguaggio politico per indicare un nuovo ordinamento, una svolta.

Numerus clausus
Numero chiuso

Si usa in riferimento a determinate scuole o corsi di laurea che contemplano un limite numerico di iscritti.

Nunc et semper
Ora e sempre

Obiectus
Oggetto

Ciò che è esterno al soggetto.

Obtorto collo
Col collo torto

Locuzione usata nel linguaggio comune per indicare che una cosa fatta è stata per costrizione, oppure semplicemente contro voglia.

Omissis
Parole omesse

Termine inserito nella trascrizione di atti quando vengono omesse parole non strettamente necessarie o che devono restare riservate.

Omnibus
Per tutti, destinato a tutti

Nome dato a un antico carrozzone pubblico a cavalli per il trasporto dei cittadini.

Omnium
Di tutti

Nel linguaggio sportivo indica una gara alla quale possono partecipare tutti.

Ope legis
Per effetto della legge, in forza della legge

Opera omnia
Tutte le opere

Si dice dell'edizione di tutte le opere di un autore pubblicate da un solo editore.

Optimum
Il meglio

Espressione usata per indicare quanto di meglio si possa desiderare.

Opus
Opera, lavoro

Opus incertum

Letteralmente "opera incerta", è un termine architettonico che indica pavimenti o rivestimenti ottenuti con pezzi irregolari di lastre di pietra o di marmo.

Ora et labora
Prega e lavora

Precetto fondamentale della regola benedettina che alterna il lavoro alla vita contemplativa.

Ora pro nobis
Prega per noi

Formula derivata dalle litanie rivolte ai santi e alla Madonna per intercessione.

Ordo
L'ordine sacro

Ossia il sacerdozio.

Ore rotundo
Con bocca rotonda

Ossia in tono enfatico, solenne.

Otium
Tempo libero

Tempo dedicato ai propri interessi e alle proprie inclinazioni.

P

Pactum sceleris
Accordo criminoso

Come per es. quello tra il corruttore e il corrotto.

Palam et clam
Apertamente e in segreto

Panem et circenses
Pane e giochi del circo

Formula usata per indicare un sistema di governo improntato sulla demagogia, che concede al popolo divertimenti per mantenerlo calmo e imbelle.

Parce sepulto
Perdona chi è morto

Par condicio
Pari condizione

Pars construens
Pars destruens
Parte costruttiva

Parte distruttiva

Nel metodo filosofico baconiano sono le due parti di cui si compone l'analisi critica della realtà: la *pars destruens* ha il compito di eliminare le idee errate, le illusioni conoscitive, la *pars construens* quello di sostituirle con un metodo di analisi scientifico.

Passim
Qua e là

Formula usata per indicare che un determinato argomento ricorre in un libro in diversi luoghi dello stesso.

Pater familias
Padre di famiglia

Locuzione che indica sia un padre di famiglia sia il capo indiscusso di una famiglia o di un clan familiare.

Pater noster
Padre nostro

È l'inizio della più nota preghiera cristiana.

Patres conscripti

Locuzione con la quale nell'antica Roma erano denominati i "senatori" nel loro complesso.

Patria potestas
Patria potestà

Pavor nocturnus
Terrore notturno

Nel linguaggio medico indica quell'inspiegabile paura che coglie talvolta i bambini durante il sonno.

Pax et bonum
Pace e bene

Formula di saluto dell'ordine francescano usata oggi anche come augurio di felicità e pace.

Pax romana
La pace romana

Espressione che indica la pacificazione del mondo allora conosciuto avvenuta per mezzo delle armi romane. La tradizione cristiana la considera voluta da Dio per permettere la diffusione del cristianesimo.

Pax vobiscum
La pace sia con voi

Una delle formule di saluto liturgico che generalmente accompagnano il "segno della pace".

Penetralia
Penetrali, recessi

La parte più interna e recondita di un santuario, una reggia, un palazzo.

Per fas et nefas
Con mezzi leciti e illeciti

Petitio principii
Petizione di principio

Nel linguaggio filosofico indica un ragionamento che dà come dimostrato ciò che ancora non lo è.

Petitum
Ciò che si chiede

L'oggetto di una richiesta avanzata al giudice.

Pietas
Pietà

Nella latinità era il sentimento di devozione e rispetto verso gli dei e i familiari.

Placebo
Piacerò

Si dice di un farmaco privo di sostanze attive e somministrato solo per ottenere un effetto legato alle aspettative di miglioramento del paziente.

Placet
Piace, approvazione

Termine usato per indicare approvazione e quindi per autorizzare.

Plenum

Termine che indica sia la riunione plenaria di organi rappresentativi sia il numero completo dei membri di un'assemblea.

Pluralis maiestatis
Plurale maiestatico

Si ha quando chi parla o scrive si riferisce a sé usando la prima persona plurale anziché singolare. Usato soprattutto da papi e sovrani negli atti ufficiali.

Pollice verso
Pollice voltato all'ingiù

Con questo segno gli imperatori decretavano, durante i giochi del circo, la morte del gladiatore. La locuzione è usata oggi nel senso di "condanna, disapprovazione".

Post factum
A cose fatte, dopo che il fatto è avvenuto

Post hoc, ergo propter hoc
Dopo ciò, quindi a causa di ciò

Sofisma secondo cui se un fatto precede un altro fatto, ne è la causa.

Post mortem
Dopo la morte

Post prandium
Dopo il pranzo

Post scriptum
Poscritto

Aggiunta (spesso abbreviata in P.S.) a una lettera o e-mail dopo la firma.

Prima facie
A prima vista

Primum
La prima cosa

La prima condizione, la cosa più importante da osservare o da tenere a mente.

Primus inter pares
Primo tra gli uguali

Locuzione che designa una situazione in cui chi comanda non ha un potere assoluto, ma è semplicemente alla guida di un gruppo di persone di pari dignità e autorità.

Principiis obsta
Opponiti all'inizio

Pro
In favore di

Preposizione latina assai diffusa in italiano.

Pro bono pacis
Per il bene della pace

Si usa in quelle situazioni in cui, "per amor di pace", ci si adegua senza discutere alle opinioni altrui.

Pro capite
A testa

Pro die
Al giorno

Pro domo sua
Per la propria casa

L'espressione, ricavata dal titolo di un'orazione di Cicerone (vedi a p. 61: *Cicero pro domo sua*) viene utilizzata ironicamente a proposito di chi sostiene una determinata scelta o posizione affermando di farlo per motivi di interesse generale, mentre in realtà sta facendo il proprio.

Pro forma
Per la forma

Per salvare le apparenze, per semplice formalità.

Pro loco

Denominazione di quell'organizzazione o associazione che ha come scopo la difesa e lo sviluppo dei beni culturali e ambientali di un luogo o di una città.

Prorogatio
Proroga

Termine indicante la prassi giuridica per cui chi ricopre una carica continua a esercitare le sue funzioni, anche se decaduto dall'incarico, in attesa del successore.

Prosit
Salute

Augurio diffuso nelle lingue germaniche quando si effettua un brindisi.

Pro tempore
Temporaneamente

Pro veritate
In favore della verità

Si dice di pareri emessi da esperti riguardo a determinate liti e controversie nell'esclusivo interesse della verità.

Punctum dolens
Il punto dolente

Parte più controversa e scottante di una questione.

Q

Quanti minoris
Quanto di meno

Formula giuridica che prevede che il compratore si rivalga sul venditore in caso scopra che la merce ha un valore inferiore al prezzo concordato.

Quantum satis
Quanto basta

Antica formula di farmacia oggi usata talvolta anche nelle ricette culinarie (per es.: "aggiungete acqua *quantum satis*").

Quid
Qualcosa, un certo che

Indica sia qualcosa di indefinito sia la sostanza di una determinata cosa.

Qui pro quo
Questo al posto di quello

Formula usata per indicare un equivoco.

Quod erat demonstrandum
Come volevasi dimostrare

Formula usata in ambito matematico per suggellare la conclusione di un procedimento e nel linguaggio comune per dire che si è avverato ciò che si prevedeva.

Quondam
Una volta, un tempo

Si pone anche davanti al nome di persone defunte con lo stesso senso di "fu".

Quorum
Dei quali

Abbreviazione dell'espressione *quorum maxima pars* ("la maggior parte dei quali"). Si usa per indicare il numero necessario di voti per la conquista di un seggio o del numero richiesto di presenze perché un'assemblea sia valida.

Quo vadis?
Dove vai?

Domanda rivolta da Pietro in fuga a Gesù apparsogli sulla strada. Il detto deve la sua fama al fatto di essere il titolo di un romanzo e di un film.

R

Raptus
Rapimento

Impulso improvviso che spinge ad atti inconsulti dalle conseguenze talvolta tragiche.

Rebus
Mediante le cose

Si dice di cose o persone oscure. Indica anche i giochi in cui si procede per associazioni.

Rebus sic stantibus
Stando così le cose

Recto
Dritto

Si dice della parte anteriore di un foglio o di una pagina (cfr. *verso*).

Redde rationem
Rendi conto

Locuzione usata per indicare il momento della "resa dei conti" riguardo al proprio operato.

Reductio ad unum
Riduzione a una sola cosa

Espressione che indica l'atto del ridurre tutto a una sola voce e considerare tutti i problemi da un solo punto di vista.

Referendum
Da riferirsi

Voce con la quale si designa oggi una votazione popolare su un determinato argomento.

Refugium peccatorum
Rifugio dei peccatori

Espressione derivata dalle litanie alla Madonna, usata in senso ironico a proposito di una scuola in cui si promuove facilmente e che accoglie tutti coloro che non sono riusciti in altre scuole.

Regina viarum
La regina delle strade

Nome con il quale i Romani indicavano la via Appia.

Relata refero
Riferisco ciò che mi fu detto

Locuzione con la quale colui che porta un messaggio declina ogni responsabilità riguardo al contenuto.

Repetita iuvant
Le cose ripetute giovano

Espressione usata soprattutto in ambito scolastico per dire che è bene ripetere più volte ciò che si vuole che gli altri capiscano e ricordino.

Reprimenda
(Colpa) da castigare

Usata come parola italiana nel senso di "rimprovero, ramanzina".

Repulisti

L'espressione deriva da un versetto del Salmo 42: *Quare me repulisti* ("Perché mi hai scacciato?"), ma oggi è usata con il significato completamente diverso di "pulizia radicale, piazza pulita".

Requiescat in pace
Riposi in pace

Formula usata nella liturgia dei defunti oppure in tono scherzoso a proposito di una cosa o persona della quale non ci vogliamo più preoccupare.

Res
La cosa, il fatto, l'argomento

Res cogitans
La sostanza pensante

Espressione usata da Cartesio per indicare la realtà psichica (pensiero, linguaggio).

Res extensa
La sostanza estesa

Espressione filosofica usata da Cartesio per indicare la caratteristica fondamentale della realtà fisica, cioè quella di essere estesa e occupare una parte anche minima di spazio.

Res iudicata
Cosa giudicata

Questione sulla quale è stato pronunciato un giudizio definitivo.

Res nullius
Cosa di nessuno

Res nullius fit primi occupantis

Formula giuridica che stabilisce che una cosa che non appartiene a nessuno diviene proprietà del primo che se ne impossessa.

Restitutio ad integrum

Atto giuridico con il quale viene ripristinata una situazione di fatto o di diritto che abbia subito un danno.

S

Salve
Salute a te

Schola cantorum
Scuola di cantori

Scuola corale e coro di giovani destinati ad accompagnare le funzioni religiose nella Chiesa cattolica.

Scriba
Scrivano, amanuense

Talvolta è usato nel senso dispregiativo di scribacchino.

Secundum legem
Secondo la legge

Sede vacante

Locuzione che indica il periodo intercorrente tra la morte di un papa e l'elezione del suo successore, ma è usata anche nel linguaggio comune a proposito di qualsiasi carica temporaneamente scoperta.

Senior
Più vecchio

La più anziana tra due persone aventi lo stesso nome.

Sic
Così

Si usa tra parentesi nei testi dopo aver riportato una parola o una frase, per indicare che la dicitura è proprio quella.

Sic et simpliciter
Così e basta, semplicemente così

Silentium
Silenzio

Scritta apposta all'ingresso dei conventi per ricordare ai visitatori che si trovano in un luogo sacro.

Sine die
A tempo indeterminato, senza una data stabilita

Sine glossa
Senza commento

Si dice di un testo nel quale non compaiono spiegazioni interpretative che possano alterarne il significato.

Sine spe, sine metu
Senza speranza e senza timore

Solarium
Terrazzo esposto al sole

Termine usato per indicare i saloni di bellezza dotati di lettino o lampade solari.

Speculum
Specchio

Strumento medico che serve per osservare alcune cavità interne dell'organismo.

Spes contra spem
Speranza contro (ogni) speranza

Si dice della capacità umana di sperare anche quando ogni speranza sembra perduta.

Sponte sua
Di sua spontanea volontà

S.P.Q.R.

Abbreviazione di *Senatus PopulusQue Romanus* ("il senato e il popolo romano") che si trova su molti monumenti dell'epoca.

Stabat mater
La Madre stava

Sono le prime parole di una preghiera composta da Iacopone da Todi in onore della Madonna Addolorata ai piedi della croce.

Status
Stato, condizione

Voce usata in svariati ambiti. Indica: la condizione giuridica di una persona o di un ente, il ceto sociale, il livello gerarchico ecc.

Status quo (ante)
Stato in cui (prima)

Mantenere lo *status quo* significa lasciare una situazione invariata.

Strictu sensu
In senso stretto

Sua cuique hora
Ognuno ha la sua ora

Detto riferito non solo alla morte, ma anche al momento favorevole che prima o poi giunge per tutti.

Sub condicione
A una data condizione

Sub iudice

Si dice di una cosa ancora all'esame del giudice.

Sub lege libertas
La libertà sotto la legge

Espressione da intendere nel senso che l'osservanza delle leggi è garanzia di libertà.

Sui generis
Di un genere suo proprio

Si dice di una cosa particolare, a sé.

Summa

Voce che indica una raccolta completa o un compendio generale di dottrine filosofiche e teologiche.

Summa cum laude
Con la più alta lode

Si dice a proposito delle lauree che ottengono la massima votazione.

Summum bonum
Il sommo bene

Super
Sopra

Prefisso di molte parole latine alle quali conferisce l'idea della superiorità.

Super ego
Super io

Termine usato in psicanalisi.

Super partes
Al di sopra delle parti

Si dice generalmente di persone imparziali, in quanto estranee agli interessi delle parti in conflitto.

Sursum corda
In alto i cuori

Formula liturgica usata anche per confortare chi è giù di morale.

Symposium
Simposio, banchetto

In senso figurato indica anche convegni e riunioni di studiosi.

T

Tabula rasa
Tavoletta raschiata

Nel mondo classico l'espressione indicava la mente prima della conoscenza: vuota, ma disposta alla ricezione. In altro senso è usata oggi l'espressione "fare *tabula rasa*", con cui s'intende "annientare, far sparire completamente".

Taedium vitae
Tedio della vita

Senso di fallimento e angoscia che rende la vita insopportabile.

Tamquam non esset
Come se non esistesse

Si dice della condizione in cui viene a trovarsi una legge quando ne viene dichiarata l'invalidità costituzionale.

Tepidarium

Ambiente per il bagno tiepido nelle terme romane.

Terminus ad quem, terminus a quo
Il termine fino a cui, il termine da cui

Locuzioni che fissano i termini temporali, il giorno da cui un atto decorre e il termine entro il quale deve essere adempiuto.

Terminus ante quem, terminus post quem
Data prima della quale, data dopo la quale

Termine prima del quale e dopo il quale va collocato il fatto (per es. la composizione di un'opera) di cui si parla.

Tertium non datur
Non è concessa una terza possibilità

Espressione desunta dal linguaggio aristotelico e usata oggi per indicare una situazione in cui non c'è la possibilità di una terza alternativa rispetto alle due che si prospettano.

Thesaurus
Tesoro

Termine che indica il lessico storico di una lingua; nel Medioevo indicava invece una raccolta di detti e massime.

Transeat
Passi pure

Si usa anche nel senso di "lasciamo correre", "lasciamo perdere".

Transfert
Trasferisce

Termine usato in psicanalisi per indicare il trasferimento sulla persona dell'analista di sentimenti provati in passato verso altre persone.

U

Ultima ratio
L'ultima soluzione possibile, la soluzione estrema

Si dice per giustificare il ricorso alle armi come mezzo estremo per risolvere una controversia, o anche per indicare la misura cui ricorrere in ultima istanza per risolvere una situazione.

Ultimatum

Voce usata per indicare, in una controversia tra stati, un termine di tempo oltre il quale si passerà alle armi.

Una tantum
Per una sola volta

Locuzione riferita al pagamento straordinario di una tassa.

Unicuique suum
A ciascuno il suo

Unicum
Unico esemplare

Urbi et orbi
A Roma e al mondo

È la formula usata dal papa per la benedizione solenne; nel linguaggio comune si usa per dire che una cosa è nota a tutti.

V

Vacatio legis
Vuoto legislativo

Temporanea mancanza di una legge che regoli una determinata materia.

Vademecum
Vieni con me

Voce usata per indicare prospetti illustrativi, taccuini, guide ecc.

Vade retro
Va' indietro

Parole rivolte da Gesù a Satana; sono usate in modo scherzoso per dire che non si gradisce la presenza di qualcuno.

Vae victis
Guai ai vinti

Espressione attribuita al capo dei Galli Brenno quando conquistò Roma; indica il diritto del vincitore a imporre ai vinti le condizioni che vuole.

Vale
Sta' bene

Formula di saluto con la quale si concludevano le lettere.

Varia
Cose varie

Voce usata nei titoli di raccolte antologiche.

Verbatim
Testualmente, parola per parola

Verso
Rovescio

Parte posteriore di un foglio o di una pagina (cfr. *recto*).

Veto
Proibisco

Voce usata oggi come sostantivo italiano in numerose locuzioni proibitive: "porre il veto, diritto di veto" ecc.

Vexata quaestio

Si dice a proposito di una questione tormentata, perché ancora irrisolta nonostante sia stata già ampiamente discussa.

Via Crucis
Via della Croce

Rito cristiano, celebrato il Venerdì Santo, nel quale si commemora la passione di Cristo fino alla crocifissione ripercorrendone le 14 tappe (stazioni) disposte lungo un percorso interno o esterno alle chiese.

Video
Vedo

Voce usata nel linguaggio televisivo a proposito di tutto ciò che appartiene all'immagine e alle riprese.

Virago
Donna forte, guerriera

Il termine viene oggi usato, per lo più in senso ironico, in riferimento a donne dall'aspetto o dall'atteggiamento mascolino.

Virus
Veleno

Nel linguaggio medico indica un agente patogeno causa di infezioni.

Vis
Forza, energia

Vis comica
Forza comica

Espressione usata a proposito della comicità di una situazione, di un personaggio o di un pezzo teatrale.

Vulgata
(Edizione) divulgata, diffusa

Denominazione della traduzione in latino della Bibbia compiuta da S. Girolamo; si dice dell'interpretazione di un'opera in chiave a tutti comprensibile.

Vulgo
Come dicono i più

Vulnus
Ferita

Nel linguaggio giuridico indica la lesione di un diritto.

Best Seller Pocket

Monica Marelli
Cosa c'è nel mio cibo? Leggi le etichette e sai cosa mangi

•

Nomi & nomi
ORIGINE E SIGNIFICATO

•

Carmen Meo Fiorot
Pensare positivo
Potenziare l'energia mentale e migliorare la propria immagine

•

La vera smorfia napoletana
SOGNI E NUMERI PER VINCERE AL LOTTO

•

Sabrina Carollo
Galateo per tutte le occasioni

•

Auguri e parole per ogni occasione
CON IL LINGUAGGIO DEI FIORI

•

Sabrina Carollo
Parlare e scrivere senza errori

•

Astrologia
LO ZODIACO, GLI ASCENDENTI, LA SINTONIA CON GLI ALTRI SEGNI

•

Il manuale degli scacchi
TUTTE LE STRATEGIE E LE MOSSE VINCENTI